GOLDMANN

Buch

Sina V. Teufel, Münchner Anwältin mit Temperament und Schlagfertigkeit, hat ein vielversprechendes Beratungsmandat bekommen, bei dem ein großzügiges Honorar in Aussicht steht: Sie soll die Vermögensangelegenheiten von Wulfius von Rheinstahl ordnen. Der Besitzer der Pharma-Firma Rheinstahl Medicine International GmbH aber trägt nicht nur seine beruflichen Probleme zu Sina, sondern auch seine privaten: Seine Frau Rita nämlich driftet immer mehr in esoterische Gefilde ab und bringt das Geld ihres Gatten im »Institut für Himmelfahrt e. V.« durch. Dessen Vorsitzender, Saba vom Ersten Strahl, hat eine Vielzahl von hauptsächlich betuchten Jüngerinnen um sich geschart hat, die er kräftig zur Kasse bittet. Kein Wunder, daß sich die Aggressionen des düpierten Ehemannes in einigen häßlichen Szenen an dem Guru entladen. Sina Teufel soll Frau von Rheinstahl aus den Klauen der Sekte befreien, doch als Saba zusammen mit einem Fön tot in der Badewanne gefunden wird, muß Sina alles daransetzen, ihren Mandanten vom Mordverdacht zu befreien.

Autorin

Lara Stern ist das Pseudonym einer Münchner Autorin. Die Fernsehverfilmung ihrer Krimis mit der Heldin Sina Teufel ist gerade in Vorbereitung.

Außerdem von Lara Stern als Goldmann Taschenbuch

Nix Dolci (5188)

LARA STERN

SABAS HIMMELFAHRT

Kriminalroman

Goldmann Verlag

Originalausgabe

Umwelthinweis:
Alle bedruckten Materialien dieses Taschenbuches sind chlorfrei und umweltfreundlich.
Das Papier enthält bereits Recycling-Anteile.

Der Goldmann Verlag
ist ein Unternehmen der Verlagsgruppe Bertelsmann

Made in Germany · 3/93 · 1. Auflage

Umschlaggestaltung: Design Team München
Umschlagillustration: Loh Productions, Heidelberg
Satz: Uhl + Massopust, Aalen
Druck: Elsner-Druck, Berlin
Krimi 5818
Lektorat: Ulrich Genzler
Redaktion: Tina Schreck
Herstellung: Heidrun Nawrot
ISBN 3-442-05818-X

Diese Welt ist wie eine Brücke.
Gehe hinüber, aber baue nicht dein Haus darauf.

Aus Indien

Die besten Geschichten
schreibt immer noch das Leben.

Volksmund

Lichtgestalt auf Tigerfell

Mit einem ärgerlichen Schnarchton schreckt er hoch.

Um ein Haar wäre er mitten in seiner Meditation eingeschlafen. Sein Wackeln hat ihn im letzten Augenblick daran gehindert. Er friert.

Er trägt nichts als alte Socken, seine Hosen aus dem Libanon und das ausgeleierte grüne Sweatshirt, das er nur aus dem Schrank zerrt, wenn er sich vollkommen unbeobachtet fühlen kann. Sein Rücken ist verspannt, und er spürt die Taubheit des linken Oberschenkels, auf dem der andere schier unerträglich lastet. Der kleine Spalt freier Haut zwischen Socke und Hose juckt. Wahrscheinlich hätte die alte, abgeschabte Fellimitation, von der aus er seit Monaten zweimal täglich in höhere Gefilde aufbricht, schon längst einmal in die Reinigung gehört. Keiner von den anderen weiß, daß er sie heimlich beim Meditieren auf den Holzboden legt.

Ob er wieder Hämorrhoiden hat?

Zum abertausendsten Mal verwünscht er die Unbequemlichkeit der Lotoshaltung. Ganz ähnlich muß sich das Sitzen auf einem Scheiterhaufen anfühlen, der langsam unterm Hintern zu glimmen beginnt. Unerreichbar weit in der anderen Zimmerecke steht die Erlösung, das kuschligbraune Sesselungetüm.

Unter immenser Anstrengung verschiebt er seinen Fuß millimeterweise. Den ganzen Schenkel entlang, bis hinauf zur Leiste, zieht sich ein dumpfes Stechen, dem erfahrungsgemäß schon bald ein scharfes, widerliches Brennen in der Muskulatur folgen würde. Er seufzt mehrmals auf, laut und bestenfalls ansatzweise so lustvoll, wie er es seinen Anhängern ständig predigt. Wann endlich werden sie seine Jünger sein?

Kein Gefühl darf sich im Körper stauen, wie er nicht müde wird, in seinen readings *zu betonen, die besser besucht sein könnten. Aber die erwartete Erleichterung in seinem eigenen Leib bleibt fieserweise aus. Er spürt, wie ihm vor Anspannung der Schweiß ausbricht. Sein Bein ist frühestens in einer halben Stunde wieder einigermaßen zu gebrauchen.*

Aber das ist längst nicht alles.

Tapfer widersteht er dem Bedürfnis nach Alkohol, das ihn in der letzten Phase seiner Selbstversenkung jäh überfallen hat. Sein ganzer Körper giert nach dem lang entbehrten Schock der Mundhöhle beim ersten Kontakt mit dem aggressiven Zeug, das langsam und köstlich in Zunge und Schleimhäute sickert; den endlosen, erwartungsvollen Weg die Speiseröhre hinunter; der unvergleichlichen Explosion im Magen schließlich, die Wärme, Ruhe und Gelassenheit nach sich zieht. Jene unübertroffene Gleichgültigkeit, die ihm heute ferner scheint denn je.

Wieder beginnt er unmerklich zu zittern, und er hat Mühe, seine Fassung zu bewahren. Sein schmaler Mund verzieht sich nach unten. Er schnaubt verächtlich. Kein Drandenken, diesen irdischen Lüsten einfach nachzugeben! Das Wochenende steht bevor, und Wochenende bedeutet Seminar. Er muß klar und clean bleiben. Er hat noch Großes vor. Aber das Ziel rückt unaufhaltsam näher.

Gedanken sind Wolken, sagt er zu sich selbst, mehrmals hintereinander, betont ruhig, fast heiter, als rezitiere er ein Mantra. Gedanken und Bedürfnisse sind nichts als Tautropfen, Träume, Seifenblasen, die rasch vergehen.

Die Tiefe und Vielfältigkeit seiner poetischen Bilder überrascht ihn immer wieder von neuem und hebt seine Laune augenblicklich. Ja, seine Worte sind Mantras, unvergängliche, ewige Botschaften für die Seele, daran gibt es nicht den gering-

sten Zweifel. Wichtig ist vor allen Dingen, daß er selbst daran glaubt.

Hinter deinem Kopf ist das Ufer.

Das ist nicht von ihm. Er erinnert sich, es vor langer Zeit irgendwo gelesen zu haben. Aber was macht das für einen Unterschied? Auf die richtige Art dargeboten, mit dem kleinen, verhaltenen Pathos, das seine Sprechweise so charakteristisch wirken läßt, ist es mindestens so gut, als käme es direkt von seinem Herzen. Er wird es einbauen, schon übermorgen, wenn er das nächste Mal öffentlich auftritt. Seit Wochen schon ist ihm kein so vielsagender Einstieg mehr eingefallen.

Verstohlen beginnt er sich zu bewegen. Er verlagert sein Gewicht und spürt die schmerzende Stelle an seinem Steißbein. Dort, wo seine Kundalini viel zu einsam schläft. Es wird dringend Zeit, diese Schlange der Lust zu neuem Leben zu erwecken. Alles wird anders werden, sagt er zu sich selbst.

Um noch etwas im Raum erkennen zu können, muß er sich anstrengen. An diesem Abend, der schon verlockend nach Frühling duftet, ist die Dunkelheit so zögerlich gekommen, als täte es ihr leid, den Tag zu vertreiben. Jetzt erst wird es langsam kühl. Er beschließt, aufzustehen und das angelehnte Fenster zu schließen. Empört schlägt sein Steißbein Alarm.

Er hält inne und hat plötzlich das Gefühl, daß es noch dunkler um ihn wird. Er zwinkert heftig, aber die wabernden, merkwürdig fauligen Schwaden denken nicht daran, zu verschwinden. Direkt von dem üblen Punkt am Ende seiner Wirbelsäule scheinen sie auszustrahlen, aufzusteigen und ihn immer dichter einzuhüllen.

Verzweifelt wehrt er sich gegen die Panik, die ihn zu überfallen droht. Er hat Angst, den Verstand zu verlieren. Vielleicht ist ihm sein ständiger Aufenthalt bei den kleinsten Elementarteilchen nicht bekommen. Ist das die Strafe für seine jahrelangen Blasphemien? Für seine Behauptung, es gäbe kein mächtigeres Wesen im Kosmos als ihn?

Er atmet heftig und ungleichmäßig. Dann, ohne Vorwarnung, sieht er das Feuer.

Er hält den Atem an. So hat er sich immer den Kern der Sonne vorgestellt. Hell, beinahe weißglühend. Gnadenlos intensiv.

Die dichte, dunkle Materie um ihn herum verschwindet. Sie löst sich einfach auf, scheinbar in nichts. Da ist nur noch dieses unbarmherzig helle Licht, das keine Fragen mehr zuläßt.

Das einfach ist.

Wahnsinn! schießt es ihm durch den Kopf. Daß ich das erleben darf! Daß das mir passiert – mir!

Hektisch schaut er nach links und nach rechts, aber da ist niemand, mit dem er diese Erfahrung teilen könnte. Das wird mir keiner glauben, denkt er. Warum eigentlich nicht? sagt er sich gleich hinterher. Alles eine Frage der richtigen Vermittlung.

Es bleibt ihm nicht die Zeit, sich eine differenziertere Wahrnehmung zu wünschen, denn das Licht verblaßt allmählich. Langsam, ganz langsam wird es schwächer, bis es erloschen ist und sein Zimmer ihm undurchdringlich dunkel erscheint.

Noch eine ganze Weile bewegt er sich nicht. Die erste Aufregung ist längst verklungen, und allmählich schleicht sich ein fades Glück ein, das beinahe nach Enttäuschung schmeckt. Da war nur das weiße Licht gewesen. Sonst nichts. Die anderen Farben, von denen er bei ähnlichen Anlässen immer gehört hat, sind ausgeblieben.

Keine Spur von Rot, Gelb oder gar Blau.

Weiß ist alles, womit er sich zufriedengeben muß. Weiß und nichts sonst. Trotzdem zweifelt er keinen Augenblick länger.

Es ist geschehen.

Es.

Steifbeinig, mit unsicheren Bewegungen, steht er auf und geht hinüber in die kleine Küche, die zu seiner Souterrainwohnung gehört, ohne sich um die Haufen physikalischer

Wälzer zu kümmern, die sich überall auf dem schmutzigen Boden stapeln. Noch im Dunkeln dreht er den Wasserhahn auf und füllt ein Glas.

Er trinkt gierig.

Dann erst betätigt er den Lichtschalter. Unwillkürlich geht sein Blick zur Uhr. Er nickt befriedigt. Zwanzig Uhr und zehn Minuten.

Er wird diesen exakten Zeitpunkt dem einen Datum zufügen, das er niemals in seinem Leben vergessen wird. Mittwoch, 12. März 1986.

Der Tag seiner Erleuchtung.

Der Tag, an dem er eins mit seiner Meisterseele wurde.

1

Harry war zurück, und sofort fing der ganze Ärger von vorne an.

Sie hatte es im Blut, als Tilly Malorny, ihre üppig bebuste Bürovorsteherin, ihn durchstellte und honigsüß flötete: »Der Ex ist dran.«

Wahrscheinlich war das die Rache für Sinas wenig taktvolle morgendliche Bemerkung. Die anderen in der Kanzlei hatten gut daran getan, das Veilchen an Tillys linkem Auge krampfhaft zu übersehen. Dabei hätte sie es wirklich besser wissen müssen. Niemand auf der Welt war nachtragender als Tilly. Und kaum einer schlug treffsicherer zu als Tillys heißblütiger Ire. Schon im achtzehnten Jahr bereitete John ihr die Ehehölle auf Erden.

»Was gibt's?« sagte sie unfreundlicher in den Hörer, als ihr eigentlich zumute war.

Seltsamerweise hatte sie gerade in den letzten Wochen häufig an Harry gedacht. Schon witzig, wenn man bedachte, daß ihre Scheidung mehr als zehn Jahre zurücklag und sie in der Zwischenzeit wenig Neigung verspürt hatte, zu erfahren, wo er war und was er trieb. Damals, nach den endlosen Tagen voller Streit und den vielen durchweinten Nächten, hatte sie ihren Mädchennamen wieder angenommen. Kurzentschlossen war sie aus der großzügigen Vier-Zimmer-Wohnung im Herzen Altschwabings in eine miefige WG-Behausung in den Norden Münchens gezogen. Dort, im Stadtteil Milbertshofen, hatte sie ihr Studium beendet und sogar die Zeit des Examens überlebt.

Mit diesem Umzug war die Ära Harry für sie endgültig abgeschlossen gewesen. Sie spielte nicht länger die junge, aparte Frau Wolters, die sich neben dem dynamischen Kunsthändler auf Festen und bei Vernissagen so unwahrscheinlich dekorativ ausnahm. Immmer zähneknirschender und nur noch mühsam lächelnd.

Seitdem war sie wieder sie selbst. Sina V. Teufel, inzwischen promoviert und Anwältin mit eigener Kanzlei – aber ihre Probleme mit Kerlen schienen noch immer kein Ende nehmen zu wollen. Harrys unverhoffte Rückkehr hatte ihr gerade noch gefehlt.

Und dennoch ging er ihr nicht mehr aus dem Kopf. Den ganzen Vormittag über hatte sie seinen kantigen Schädel vor sich, auf dem eine Menge dunkelblonden, an den Schläfen markant angegrauten, Haares vorteilhaft verteilt war. Graue Augen, mal treuherzig, mal eher asig, eine fleischige Boxernase, große, unregelmäßige Zähne. Beileibe kein schöner Mann, aber ein verdammt attraktiver. Mit Geist und Witz und einer bisweilen beinahe unwiderstehlichen Flapsigkeit. Einer, der wußte, wie Frauen zu nehmen waren. Es war zu befürchten, daß er mit den Jahren noch dazugelernt hatte.

Während sie sich durch die Aktenberge auf ihrem Schreibtisch schaufelte, fielen ihr wieder seine knubbeligen Knie ein und seine leicht affektierte Art, beim Rauchen die Zigarette zu halten. *Tuntig*, so hatte sie es immer genannt, und er hatte amüsiert darüber geschmunzelt, anfangs zumindest.

Es half nicht viel, daß sie sich das leergetrunkene Bataillon stinkender Flaschen wieder vor Augen rief, das zum Schluß die ganze Wohnung verschandelt hatte. Anstatt an ihren Abscheu angesichts der seifigen, verschmierten Whiskeyreste zu denken – von Harry bis zum Geht-nicht-mehr mit Wasser »gestreckt«, um sie hinters Licht zu führen –, überfielen sie die Bilder ihres gemeinsamen irischen Sommers.

Beinahe wütend verbannte sie grüne Hügel, einsame, endlose Sandbuchten und keltische Hochkreuze aus ihrem unangenehm präzisen Gedächtnis und versuchte, sich auf die häßlichen Seiten jener Tage zu konzentrieren. Aber selbst beim Reizthema Pub kamen ihr nur antikes Mahagoni und alte, halbblinde Reklamespiegel in den Sinn. Alles an Widerlichem, was ihr dazu einfallen wollte, waren die saugfähigen Sägespäne auf dem Boden der funzelig beleuchteten Lokale.

Dort hatte er ihr beigebracht, wie man Whiskey trinkt, jenen mollig-weichen »Paddy«, der am besten zu einem schaumigen Guiness paßt. Ohne Eis. Allenfalls von eigener Hand mit ein wenig Wasser versetzt. Freilich hatte sie damals nicht ansatzweise geahnt, welche Meisterschaft er darin besaß.

Was wollte er jetzt von ihr? Warum zum Teufel drängte er sich wieder in ihr Leben? Hau ab, dachte sie. Hau bloß wieder ab. Aber der Stachel saß.

So sehr Sina Teufel sich auch anstrengte, nach Harrys Anruf war ihr Vormittag erst einmal gelaufen. Sie ertappte sich dabei, wie sie unkonzentriert brabbelte und ihr kleines Handdiktaphon schon zum vierten Mal zur gleichen Stelle zurückspulte. Später stauchte sie die Damen im Vorzimmer wegen einer Belanglosigkeit so zusammen, daß Tilly vollends einen Flunsch zog und Anke Frey, Azubi im zweiten Lehrjahr, provokant die Brauen spielen ließ und ihr anzügliche Blicke hinterhersandte.

Selbst ihre Sozietöse Hanne Bromberger konnte sich im Vorbeigehen einen bissigen Kommentar nicht verkneifen. Ertappt, und daher angriffslustig, fuhr Sina zu ihr herum. »Was heißt hier mies drauf? Ich kann es nicht leiden, wenn Sachen halb gemacht werden!«

»Ist ja schon gut!« Hannes Ton wurde versöhnlicher. »Du hast noch gut zwei Stunden Zeit, dich abzuregen, bis dein Liebling anrückt.« Jetzt klang sie spöttisch.

»Mein was?«

»Der liebe Wulfius. Herr von Rheinstahl. Hast du neuerdings eine mir bislang verborgen gebliebene Abneigung gegen Terminkalender entwickelt?«

Sina verzog sich wortlos in ihr Büro und stand beherrscht die Telefonpräsenz durch, die sie selbst vor einigen Wochen eingerichtet hatte. Ein noch immer nicht ausreichendes Mittel, um die wachsende Flut der Anrufer zu dämmen. Im Augenblick aber das einzig halbwegs Vernünftige, das ihnen eingefallen war.

Sie konnten sich über Mandantenzuwachs nicht beklagen. Die Kanzlei boomte, und bald war wieder die leidige Diskussion um eine neue Mitarbeiterin fällig. Sie konnte den unweigerlich anfallenden Streit mit Hanne förmlich riechen.

Man sollte einfach alle Telefone verbieten, dachte sie und hatte wieder Harrys Stimme im Ohr. Er hatte nicht einmal betrunken geklungen.

Sie stöhnte, als sie an Wulfius von Rheinstahl dachte. Eigentlich war er Hannes Mandant, die ihn als Steuerfachanwältin in privaten und geschäftlichen Belangen vertrat. Aber sie hatte ihn Sina zum Zweck vertragsrechtlicher Beratungen mit leisen Mahnungen herübergereicht. »Sicherlich nicht ganz dein Fall. Aber vergräm ihn mir bloß nicht! Ich wünschte, ich hätte mehr von dieser Sorte.«

Sina nicht. Bislang war sie trotzdem einigermaßen mit ihm ausgekommen, wenn er auch das Talent besaß, sich besonders gern auf Nebenschauplätzen aufzuhalten. Zudem verströmte er bisweilen eine joviale Wichtigtuerei Marke Gutsherrenart, die sie schlichtweg unerträglich fand.

Heute allerdings schien er nicht in Höchstform zu sein. Das war ihr erster Eindruck, als er ihr gegenübersaß. In ihrem sparsam, aber erlesen möblierten Büro wirkte er seltsam fehl am Platze. Obwohl gerade Anfang vierzig, machte Wulfius von Rheinstahl einen wesentlich älteren Eindruck. Gediegenheit schien jeder seiner Hirschhornknöpfe auszustrahlen, und die unvorteilhafte, helle Bundfaltenhose ließ ihn gedrungen erscheinen. Sein schönes, leicht gewelltes Haar war lichtbraun und seitlich gescheitelt, leider aber so verschnitten, daß man sofort an die ärmlichen Bubenköpfe der fünfziger Jahre denken mußte. Das volle, leicht gerötete Gesicht strotzte vor Gesundheit.

Nur eines verriet seine Sensibilität und den – allerdings versteckten – Connaisseur: sein fataler Hang zu Seidensokken. Auch heute trug er wieder lilablaßblaue Kostbarkeiten, die deutlich auf die Hundert-Mark-Grenze zielten. Zu leichten italienischen Slippern hätten sie vermutlich göttlich ausgesehen. In seinen handgenähten Klobetretern hatten sie etwas Verlorenes.

Der Besitzer der *Rheinstahl Medicine International GmbH*, wie er seine Firma ein wenig großkotzig genannt hatte, hatte wahrhaft Großes im Sinn. Seit Jahren vertrieb er das *I-Compact-Set* im Land. Sein selbstgestrickter Slogan »Ihr Zucker – unser Problem« war in nahezu jeder bundesdeutschen Arztpraxis wohlbekannt. Über vier Millionen Diabetiker allein in Deutschland aber genügten dem ehrgeizigen Geschäftsmann noch lange nicht. Er spekulierte auf den gesamteuropäischen Markt, auf ein Heer von Insulinbedürftigen, für die es keine andere Möglichkeit gab, als neben strenger Diät ein Leben nach Zeitplan zu führen.

Genau dafür war sein *I-Compact-Set* gedacht. In einem unauffällig edlen Etui schmiegte sich neben Blutzuckermeßgerät auch gleich der praktische Insulin-Pen in die Halterung. Ein Füller statt der früher üblichen Spritze. Damit auch für empfindsamere Gemüter geeignet. Die Angst vor Nierenversagen, Potenzverlust oder Erblindung würde, da war er sich ganz sicher, Millionen von Patienten unweigerlich zu seinem praktisch schmerzfreien »Spritzbesteck« treiben.

Das Problem war nur das Geld.

Deshalb ließ er sich von Sina beraten. Die Bank verlangte

Garantien für das beachtliche Darlehen, das er sich für seine Investitionen borgen wollte. Da reichte die flotte Ein-Mann-GmbH nicht aus, die Wulfius vor nicht allzu langer Zeit gegründet hatte. Nach einem einzigen Gespräch mit seinen beiden ledigen Brüdern, dem älteren August Friedrich, genannt »Putzi«, und dem jüngeren Albert, war Sina klar, warum er es dabei belassen wollte. Zwei unsympathischeren Landedelmännern war sie seit langem nicht mehr begegnet.

Trotzdem blieb da das Problem mit der persönlichen Haftung für den Kredit, die Wulfius auf keinen Fall übernehmen wollte. Oder eine andere Sicherheit, wie sich der höhere Herr von der Bank mit vielsagendem Blick auf Herrn von Rheinstahl ausgedrückt hatte. Er roch, daß da was zu holen war.

Tatsächlich nannten die von Rheinstahls einen ordentlichen Besitz ihr eigen. Holz, Wasser, Jagd, alles grundsolide, was man halt seit Generationen im Bayerischen geerbt und zusammengetragen hatte. Keine ganz fleckenlose Familienweste, aber wer wollte sich heute noch ernsthaft über längst vergessene SS-Gelage im Stammhaus echauffieren? Die feinere Müncher Gesellschaft nahm guten Gewissens an den berühmten Hetzjagden teil, die wieder so begehrt waren, daß man die von Rheinstahls schon *sehr* gut kennen mußte, um auf die hoch attraktive Gästeliste zu kommen.

Wulfius von Rheinstahl hatte Traditionsbewußtsein. Und Prinzipien.

»So kommen wir nicht weiter«, sagte Sina schließlich und hatte schon eine Zigarette in der Hand. Nach seinem mißbilligenden Blick beschloß sie, das Fenster erst recht zuzulassen. Wenn er sich als Stockfisch aufführte, mußte er eben ihre Verpestung aushalten.

»Grund und Boden beleiht man nicht«, sagte er verbohrt. »Jedenfalls nicht in unserer Familie.«

»Das mag schon richtig sein.« Die meisten Argumente

werden nicht besser, wenn man sie wiederholt, dachte sie resigniert. Sie haßte Wiederholungen.

»Mit dieser Einstellung wird es Ihnen aber kaum gelingen, erfolgreich ein internationales Unternehmen aufzubauen«, fuhr sie unbeirrt fort. »Die Uhr läuft ohnehin gegen Sie. Wissen Sie nicht, daß man in den USA bereits daran ist, Patienten insulinproduzierendes Gewebe zu transplantieren? Was ist Ihr schickes Besteck dann noch wert?«

Er schluckte. Jetzt sah er aus wie ein Karpfen auf dem Trockenen. »Das wird noch Jahre dauern«, sagte er ein wenig lahm. »Wenn es sich überhaupt in der Praxis bewährt.«

»Vielleicht, vielleicht aber auch nicht.« Sina war entschlossen, ihm Beine zu machen. »Was ist eigentlich mit dem Grundstück an den Osterseen?« unternahm sie einen weiteren Vorstoß. »Das liegt doch weit ab vom restlichen Familienbesitz in Iffeldorf, oder? Vielleicht käme das in Betracht.«

Ihr Gesprächspartner sah auf einmal richtig elend aus. Fahle Hamsterbacken und erloschener Blick. »Das gehört Rita«, sagte er leise.

»Gütertrennung?«

»Nein, Morgengabe. Ich habe es ihr nach der Hochzeitsnacht geschenkt.«

»Trauen Sie Ihrer Frau nicht zu, daß sie sich für diese noble Geste mit einer ebenso noblen revanchieren könnte? Ich glaube, Sie unterschätzen Rita! Es soll ihr ja schließlich nicht entrissen werden, sondern nur als Sicherheit für Ihre Investitionen dienen.«

»Ich weiß nicht.« Jetzt sah er wirklich wie ein dicklicher, kreuzunglücklicher Schulbub aus.

Sina fühlte, wie heftig an die Grundschullehrerin in ihr appelliert wurde. »Was ist los?« fragte sie mit der ganzen Anteilnahme, die sie für ihn aufbringen konnte. Stand ihm gar nicht schlecht, dieses Geknicktsein. Besser jedenfalls als seine übliche Kraftmeierei.

»Rita und ich – nun ...« Er stockte. »Es ist so, daß sie, ich meine, daß wir zur Zeit Probleme miteinander haben. Ich habe manchmal das Gefühl, daß sie nahe daran ist, den Verstand zu verlieren!« brach es plötzlich aus ihm heraus.

Sina erinnerte sich an eine überschlanke, quirlige Brünette, die lebhaft und alles andere als gaga gewirkt hatte. Sie hatte sie im letzten Winter kennengelernt, anläßlich einer Weihnachtsausstellung im Voralpenland, wo Rita von Rheinstahl ihr mit ihrer fantasievoll bemalten Keramik aufgefallen war. Pralle, lebendige Szenen aus der griechischen Mythologie. Scharen von jagenden Kentauren und kichernden Bachantinnen in warmen, sonnendurchglühten Mittelmeerfarben.

Sie hielt nichts von Männern, die ihre Frauen für verrückt hielten, nur weil sie auf eigene Ideen kamen.

»Macht sie noch immer diese wunderschönen bunten Schalen?« fragte sie ein wenig boshaft. Er hatte damals beileibe nicht den Eindruck vermittelt, ihre Selbstverwirklichung als Künstlerin besonders zu schätzen.

Er schüttelte den Kopf. »Eben nicht. Sie hat keine Zeit dazu, angeblich. Schon seit Wochen hat sie keinen Fuß mehr in die Werkstatt gesetzt. Wissen Sie, warum? Weil sie den ganzen Tag ihre Chakren reinigen muß – was auch immer das heißen mag! Keinen Finger rührt sie mehr im Haus, gerade, daß sie den Kindern noch ein Essen hinstellt, irgend etwas, das sie schnell aus der Mikrowelle zieht. Keine fünf Minuten später hat sie sich schon wieder in ihrem Zimmer verkrochen, um zu meditieren. Meditieren – wenn ich das schon höre! Das ist doch keine tagesfüllende Beschäftigung für eine Mutter von zwei kleinen Kindern – sagen Sie selbst!«

Den Kommentar dazu verkniff sie sich lieber. »Wie lange geht das schon so?« fragte sie statt dessen.

Vielleicht war es eine vorübergehende Laune. Und selbst wenn nicht: Sie konnte sich vorstellen, daß frau jede Menge zu meditieren hatte, wenn sie es dauerhaft an Wulfius' Seite aushalten wollte. Sie mahnte sich zur Objektivität. Immerhin war *er* ihr Mandant. »Wann hat das Ganze angefangen?«

»Schon vor ein paar Monaten«, seufzte er. »Erst schien alles harmlos. Seminare, ab und zu ein Wochenende, Unternehmungen, die sie schon immer mal gemacht hat. Erst waren es die Füße, dann erotische Massagen, schließlich Edelsteine. Marc hat neulich um ein Haar eines dieser spitzen Dinger verschluckt! Ganz unmerklich wurde es immer schlimmer mit ihr. Und heute... heute ist Rita richtiggehend fanatisch. Dabei ist das nicht auf ihrem eigenen Mist gewachsen. Ich weiß genau, wer dahinter steckt. Irgendein Kerl, angeblich Physiker, dem eine ganze Schar ausgeklinkter Weiber hinterherläuft.«

»Eine Liebesgeschichte?« Sina wurde wieder interessierter. Das hätte sie der konventionellen Rita gar nicht zugetraut.

Er schien mit Schlimmerem zu rechnen. »Ich habe keine Ahnung, was diese Hirnverbrannten tatsächlich machen. Der Mann ist ein selbsternannter Heiliger, einer von der allerschlimmsten Sorte. Einen ›Club der Himmelfahrer‹ oder so ähnlich hat dieser Scharlatan gegründet. Und meine Gattin legt es augenscheinlich darauf an, so schnell wie möglich zur Ehrenvorsitzenden ernannt zu werden. Praktisch ist sie keinen Abend mehr zu Hause. Immer unterwegs nach München, zu seinen komischen Ergüssen, von denen sie nicht genug kriegen kann.«

Sina spürte, wie sie plötzlich müde wurde. Und lustlos. Ihr Rücken fühlte sich steif an. Sie hatte genug von seinen Eheproblemen. Himmel noch mal – gibt es kein anderes Thema mehr? Sie wußte schon, warum sie keine Scheidungen machte und eine ausgesprochene Abneigung gegen Anwälte hatte, die dies in erster Linie taten. Die Leute sollten alleine bleiben, wenn sie es zusammen nicht aushielten.

»Sie sollten mit ihr reden«, sagte sie plötzlich kategorisch. »Vernünftige Menschen, die zwei gemeinsame Kinder haben, müssen es doch fertigbringen, sich an einen Tisch zu setzen, um in Ruhe ihre Probleme zu besprechen. Laden Sie Ihre Frau in ein gemütliches Lokal ein! Und dann bringen Sie die Sache mit der Morgengabe im richtigen Moment zur Sprache. Sie werden sehen – sie läßt sich überzeugen.«

Harry und ich haben es allerdings nicht geschafft, das vernünftige Miteinander-Reden, dachte sie, während sie noch die letzten Worte sagte. Unsere Probleme wurden immer größer und größer, bis sie uns schließlich erschlagen haben. Oder besser ertränkt. Aber das will ja nichts heißen. Man sagt, daß Menschen ungemein lernfähig seien.

Sie stand auf. Sie hatte die Nase voll von ihm und seinem Genöle. Eine Menge anderes war zu erledigen. Er sollte endlich seinen Abgang machen.

»Ich weiß nicht«, erwiderte er zögernd und sah sie beinahe hilfesuchend an. »Meinen Sie wirklich?«

»Ich *meine*. Rufen Sie mich an, wenn Sie mit ihr gesprochen haben. Dann können wir den Termin mit der Bank ausmachen. Aber lassen Sie sich nicht zuviel Zeit. Die Konkurrenz schläft nicht.«

»Ich auch nicht«, sagte er. »Schon seit langem.«

Er sah schlagartig so verwelkt aus, daß sie es ihm sogar glaubte.

Jetzt tat ihr wirklich der Rücken weh. Ob sie doch einmal in das *Institut für Körperbewußtsein* gehen sollte, das ihr ihr Freund Carlo so warm empfohlen hatte? Sicherlich besser, als zu Hause rumzulungern und sinnlos alten Erinnerungen nachzuhängen.

Die weibliche Stimme am anderen Ende war jung und triefend freundlich. Ja, bei Marcus sei ganz überraschend ein Termin frei geworden. Übermorgen, siebzehn Uhr dreißig. Eine Alternative könne sie ihr leider erst in zwei Wochen anbieten. Marcus sei eben ganz besonders gefragt.

Das scheint mir auch so, dachte Sina. Nach einem Blick in ihre übervolle Woche sagte sie kurzentschlossen zu. Wer zaudert, kann nichts gewinnen. Das war einer von Harrys bevorzugten Sprüchen gewesen.

Scheiß-Harry! Am besten wäre, ihn anzurufen und das Treffen wieder abzusagen.

Dann gewann die Neugierde in ihr die Überhand. Vielleicht war er in der Zwischenzeit kahl und fett geworden und so langweilig, daß sie froh sein konnte, um halb zehn wieder zu Hause zu sein. In ihre Wohnung jedenfalls würde sie ihn nicht lassen!

Dort war nur Platz für ein einziges männliches Wesen. Jenes, das ihr freundlicherweise gestattete, die drei Zimmer der Dachterrassenwohnung in harmonischer Koexistenz mitzubenutzen.

Ihr schwarzer Kater Taifun.

Und der duldete keine fremden Götter neben sich.

2

Erleuchtungstagebuch, Madra
4. März

Natürlich erwarte ich keine Dankbarkeit.

Auch nach allem nicht, was ich für Ihn getan habe. Es war meine freie Entscheidung, nur meine. Mein Ding.

Ich weiß es, und trotzdem tut es höllisch weh. Immer wieder.

Da sind die bleiernen Morgen, an denen ich aufwache und das Gefühl habe, ins Unendliche zu zerfließen. Mein Körper ähnelt mehr und mehr einem zerlaufenen Spiegelei – wabbeliges Weiß mit einem zu kleinen, zu runden, semmelblonden Kopf drauf.

Zum Ausspucken widerlich.

Das denkt nicht nur Er. Das denken auch die anderen. Sogar ich denke von früh bis spät nichts anderes.

Ich bin nichts als ein Fettfleck. Aber mein Kopf – der kann arbeiten! Und rechnen. Und Pläne machen. Und sich erinnern. Der vergißt nichts und merkt sich alles.

Manchmal tut er so, als gehöre er zu einer schönen Frau, einer wirklich attraktiven, auf die viele Männer Lust haben. Dann schämt er sich nicht mehr für den Körper, mit dem er herumlaufen muß. Dann ist er endlich frei.

Komische Gedanken kommen mir in den Sinn! Fast habe ich Angst, sie dem Papier anzuvertrauen, auch wenn ich es noch so sorgfältig wegschließe. Aber ich möchte nicht, daß noch mehr meine Poren und Zellen verstopft.

Ich rechne ohnehin damit, eines schönen Tages einfach zu platzen.

Ich hasse. Ich leide. Ich bin voller Wut! Angefüllt mit Zorn und Abscheu! Wild und rot und heiß ist es in mir, wie im tiefsten Schlund der Hölle.

Ich habe keine Lust, immer alles zu verstehen oder vorzugeben, es zu tun. Ich will, ich will, ICH WILL – alles, Leben, Liebe – Ihn!

Aber ich bekomme Ihn nicht. Nicht heute. Nicht morgen. Nicht einmal in tausend Jahren.

Dabei bin ich die einzige, die wirklich zu Ihm paßt. Die einzige, die versteht, was in Ihm vorgeht. Was Er denkt. Was Er plant.

Ich bin es, Ich, Madra, und nicht die andere, die schöne blasse Schattenfrau, die Er nicht mehr herausgeben will. Schon seit Monaten nicht mehr.

Allerdings weiß allein ich, wie Er angefangen hat. Und manchmal spüre ich, daß Er mich dafür haßt. Ich passe nicht zu seiner soften Legende. Ich bin die Frau der Tat, die alles aus dem Dreck ziehen kann mit ihrer Wahnsinnskraft. Aber ich vergesse nichts. Nie!

Sollen sie nur Angst vor mir haben! Über mich tuscheln, häßliche Sachen hinter meinem Rücken sagen: Ich bleibe die, die ich bin. Ich habe alles im Griff.

Das Geld. Die Abgründe. Die Geheimnisse. Die unschönen kleinen Schatullen, in denen jeder seinen Unrat so gut versteckt glaubte.

Ich habe sie alle aufgespürt, schlauer als ein Trüffelschwein. Und jetzt gehören sie mir.

Manchmal überkommt mich die Lust, ein bißchen mit ihnen zu spielen. Sie aufschnappen zu lassen, um eine Prise Unrat in die Welt zu schicken. Nicht viel, eine hübsche mittlere Verpestung wäre ausreichend. Ein bißchen Unordnung, die alles aus dem Lot bringt.

Bisher konnte ich mich immer beherrschen – aber was wird geschehen, wenn die Tage meiner Beherrschung vorbei sind?

Mir graut vor dem, was ich da sehe.

Und manchmal graut mir sogar vor Ihm.

3

Nur Isis durfte ihn Häse nennen. Häse als Kurzform des Kosenamens Häschen. Für alle anderen war er Saba, der Meister vom Ersten Strahl.

Er stammte aus Nordrhein-Westfalen, war studierter Physiker und sagte noch immer Kiirche. Seine glühenden Anhängerinnen verehrten und liebten freilich auch und gerade diese kleine Besonderheit ihres Meisters.

Im Gegensatz zu Jesus, mit dem er sich besonders gern verglich, hatte er momentan nur neun Jünger. Abgesehen von einem Mann, ausschließlich Frauen. Die waren empfänglicher für die Worte des Meisters. Aber leider nur acht.

Und das war der Punkt, der ihm manchmal ein gewisses Kopfzerbrechen bereitete. Seine geliebte Schar, wie er den engsten Kreis um seine Person zu nennen pflegte, konnte durchaus eine Aufstockung vertragen.

Und Saba wußte bereits Rat. Aus der Menge seiner Schäfchen, die zweimal wöchentlich seine *readings* besuchten, hatte er sich Tatjana herausgepickt.

Tatjana konnte eine Menge Vorteile ihr eigen nennen. Sie war groß, rassig, mit kupferfarbenen Locken und einer markanten jüdischen Nase, zudem ungebunden, begeisterungsfähig und deutlich auf der Suche nach sich selbst.

Vor allem aber war Tatjana reich.

Natürlich war Tatjana nicht ihr richtiger Name. Aber ihren seit Kindheitstagen ungeliebten Vornamen Cordelia hatte sie schon nach kürzester Bekanntschaft mit seinem Kreis bereitwillig abgelegt. Ein behutsam geführtes Reinkarnationserlebnis – Sabas besondere Spezialität – hatte sie im Nu Jahrhunderte zurück an den Hof von Moskau versetzt. Achtzehntes Jahrhundert. Dort war sie nach Intrigen und bösen politischen Machenschaften in den Armen eines glutvollen Gardeoffiziers gestorben. Das erste von vielen, vielen weiteren Leben, in das er sie je nach Wunsch zurückführen würde. Denn Saba mochte Tatjana. Ausgesprochen gern.

Deshalb hatte er ihr eine kleine, witzige Variante zu den sonst beliebten altägyptischen Versionen genehmigt, auf die die anderen stets erpicht waren. Die Menge an wiedergeborenen Ramsiden und Nosferteris, die in seinen Seminaren den entscheidenden Bewußtseinsschub erhielten, wäre ausreichend gewesen, um jede mittlere Aula drangvoll zu füllen.

Das Geschäft lief nicht schlecht.

Da gab es den immer schwungvolleren Handel mit Edelsteinen, die, peinlich nach Farbabstufungen geordnet, exakt auf ganz bestimmten Körperpartien plaziert werden mußten. Dann den kleinen ehemaligen Copy-Shop in Schwabing, wo man wöchentlich seine Extremitäten dem gestrengen Auge der Kirlianfotografie unterziehen konnte. Nur so ließ sich überprüfen, wie nah man der Erleuchtung schon war. Weiter den Boji-Steine-Versand, bestens geeignet, die Yin-Yang-Polaritäten westlich verseuchter Leiber nachhaltig zu harmonisieren. Besonders ausbaufähig war in seinen Augen die jüngst etablierte Abgabestelle für Levitiertes Wasser. In deren Vertriebsnetz allerdings, darüber machte er sich keine Illusionen, mußte noch eine ganze Menge an lichtvoll gebündelter Energie gesteckt werden.

Am ertragreichsten aber waren und blieben neben den *readings* seine Seminare. Mit nimmermüdem Einsatz bot er sie im Vierzehn-Tage-Takt an. Typischer Fall von Marktüberblick. Schon gab es lange Wartelisten, ein Zeichen, daß der – neudeutsch – »need« nach seiner Nähe drastisch anstieg.

Konnte man sich eine bessere Werbung vorstellen?

Was Saba von seinen Jüngerinnen und Jüngern verlangte, war nicht wenig. Noch hütete er sich, Ehe und Familie öffentlich zu geißeln. Aber er machte unmißverständlich deutlich, daß diese alten Bindungen sehr hinderlich auf dem Pfad der Erleuchtung sein konnten.

Eine willkommene, wenngleich nicht immer bequeme Unterstützung war das konsequente Führen eines Erleuchtungs-Tagebuchs. Freilich machte es nur Sinn, wenn es radikal offen war. Seine geliebte Schar war schon eifrig dabei; den anderen riet er es dringlichst an. Bald würde er es offiziell zur Aufnahmebedingung für seinen Kreis machen. Zudem dachte er an eine saftige Erhöhung des Mitgliedsbeitrages für seinen Verein »Himmelfahrt e. V.«; das würde den Zustrom noch vergrößern.

Aber selbst diese verheißungsvolle Aussicht war noch lange nicht das Ende der Fahnenstange. Ganz andere Dinge kreisten in seinem Schädel und warteten darauf, endlich geboren zu werden.

Saba, der vor achtunddreißig Jahren unter dem bürgerlichen Namen Ralph Maria Scheck-Gödel irgendwo im Ruhrpott das Licht dieser Welt erblickt hatte, konnte nach harten Anfangszeiten durchaus zufrieden sein. Seine langweiligen Monate als Physiker bei Siemens schienen unendlich weit zurückzuliegen. Nur manchmal, wenn er sich morgens nach kurzem Aufwachschock erleichtert in sein warmes Bett kuschelte, kamen sie ihm noch in den Sinn.

Ihm, Saba vom Ersten Strahl, wie seine offizielle Nomenklatur heute lautete. Schön, daß die heutige Zeit zu diesen und ähnlichen Abenteuern bereit war!

Wenn es auch nicht ganz zutraf, daß Osho alias Bhagwan ihm, wie er gern behauptete, noch zu Lebzeiten den Westen zur Bewußtseinsveränderung überlassen hatte, um sich selbst mit dem Osten zu begnügen, so lagen doch besondere Aufgaben vor ihm. Und vor denen, die bereit waren, sie mit ihm zu bewältigen. Seine Mädels, wie er sie übermütig für sich selbst zu nennen pflegte.

Mit fast zärtlichem Vergnügen dachte Saba an Tatjanas großes Haus im feinen Münchner Stadtteil Solln, das weiß und unschuldig unter alten Bäumen stand. »Mein kleiner Garten«, wie Tatjana das offensichtlich von kundiger Gärtnerhand gewartete Grün lächelnd nannte, kam seiner Vorstellung von einem Park schon sehr nahe. Für seine derzeitigen Ansprüche war er vollkommend ausreichend.

Bei schönem Wetter könnte die geliebte Schar gemeinsam im Schatten der Trauerweide sitzen. Die hatte er sich schon bei seinem ersten Besuch als künftigen Lieblingsplatz erkoren. Deutlich sah er alles vor sich: Menschen in fließenden weißen Gewändern, das frische Grün der Pflanzen, den kleinen Wasserlauf, sanft murmelnd dem Biotop zustrebend, das wie zufällig den hinteren Teil des Gartens schmückte. Was für ein schönes, erhebendes Bild!

Angerostete Kletterstangen, bunte Sandförmchen und häßliches Plastikspielzeug schoben sich störend vor seine leuchtende Vision. Saba zog ärgerlich die Stirn kraus. An diesem Problem mußte noch gearbeitet werden. Es hieß Johannes Blau und war Tatjanas Sohn. Sieben Jahre, Karottenhaare und eine rotzfreche Klappe. Offensichtlich konnte er weder Saba noch die anderen leiden. Jedenfalls machte er Theater, kaum daß einer von ihnen das Grundstück betreten hatte.

Seine Züge entspannten sich wieder.

Auch dafür schwebte ihm schon eine Lösung vor. Nur nichts überhasten! Schließlich war, wie bedauerlicherweise schon ein anderer Meister vor ihm zu Papier gebracht hatte, der Weg das Ziel.

Und er war auf dem Weg.

Seine Hand griff nach dem Füller mit der geschmeidigen Goldfeder. Selbstverständlich hätte er sich des schicken kleinen Diktaphons bedienen können, das Rita ihm letzte Woche sanft errötend geradezu aufgedrängt hatte. Aber es erschien ihm passender, seinen Brief an die Gemeinde mit eigener Hand zu Papier zu bringen.

Papier! Das war das eine, woran sein Herz hing.

Die Botschaft, die er während seiner Versenkung erhalten hatte, mehrmals übrigens, war klar und unmißverständlich. Er mußte seinen Radius vergrößern. Mußte hinaus in die Welt, um von Menschen gehört zu werden.

Von *vielen* Menschen.

Für den Augenblick hatte er sich entschlossen, zweigleisig zu fahren: Das eine war der geplante Ansturm auf die Printmedien. Der Keim war bereits gelegt. Frisches, zartes Sprießen war bald zu erwarten.

Das zweite, nicht weniger wichtig, war die Schaffung geeigneter Zentren.

Es ging nicht länger an, daß ein Saba vom Ersten Strahl sich von den Eventualitäten eines ebenso überorganisierten wie pannenreichen Eso-Room-Managements herumschubsen ließ. Sollten andere eine Woche hier, die andere dort auftreten!

Wie satt er sie hatte, diese windigen, schlecht gelüfteten Säle und überheizten Versammlungshallen, diese mies eingerichteten Seminarhöhlen und billigen Vereinszimmer! Mal fehlten die Kerzen, dann waren die Boxen der Musikanlage defekt oder alles mit häßlichem dunklen Mobiliar zugerümpelt. Sollte er tatsächlich von solchen Orten aus seine Botschaft der Erleuchtung verkünden?

Nein, seine Meisterseele brauchte Licht, Freizügigkeit, Wärme, Schönheit und einen gewissen Komfort. Es war wirklich nicht viel, was er sich vorstellte, und er wollte nicht länger darauf verzichten. Ein angemessenes Quartier in der Stadt. Eine lichtvolle Einheit für ihn und die Seinen, in der Wohnen, Lieben und Arbeiten ungestört zusammenfließen konnten.

Tatjanas Haus eben.

Und ein kleines Domizil auf dem Land, mit etwas Grund, geeignet, um zahlreiche Tipis aufzustellen und auf diese Weise ganz nah am Busen der Natur zu sein. Mehr nicht.

Ritas Seegrundstück. Henriette von Rheinstahl, wie sie eigentlich hieß. Es wurde Zeit, daß ihm ein neuer Name für sie einfiel.

Die Feder glitt über das Papier. Weiß, glatt und unschuldig, wie alles, was er in seiner Nähe liebte.

Liebe Tatjana, schrieb er. Jeder bekam die gleichen Zeilen. Dennoch sollte jeder sich persönlich von ihm angesprochen fühlen.

Vor dreitausend Jahren in Ägypten, zur Zeit von Ramses II. und III., reinkarnierte sich Osiris als Mann. Sein Name war Hathoreon. Er wurde Hohepriester des Tempelbezirks Gizeh und arbeitete dort als spiritueller Meister bis zu seinem Tod im Alter von 76 Jahren. Um wieder auf die Erde zurückkehren zu können, schuf Hathoreon am Ende seines Lebens eine Situation, die dazu führte, daß einer seiner Schüler ihn ermordete.

Sollte er noch drastischer werden? Saba zögerte einen Moment, bevor er lächelnd weiterschrieb. Nein, es war gut so. Sogar sehr gut.

Jetzt ist Osiris erneut inkarniert, und er hat bereits viele Menschen, die ihm damals nahestanden und als Priester oder Priesterinnen in Gizeh gewirkt haben, wiedererkannt.

Du bist damals auch dabei gewesen, und Du bist herzlich eingeladen, an einem Treffen teilzunehmen, bei welchem wir einen tiefen Blick in unsere Vergangenheit werfen wollen. Wenn viele Menschen zusammenkommen, die durch intensive gemeinsame Erfahrungen miteinander verbunden sind, entsteht ein enormes Energiefeld, das es uns leichtmacht, in alle Details unserer früheren Leben zu schauen und uns mit den innersten Bezirken unserer Existenz zu verbinden.

Ego und Mind werden vielleicht alle möglichen Tricks versuchen, um zu verhindern, daß Du zu diesem Treffen kommst. Paß auf, daß Deine Großmutter nicht stirbt und Du nicht krank wirst! Bitte folge der Stimme des Herzens.

Saba vom Ersten Strahl

Auf den Schluß war er besonders stolz. Das war sein feiner Humor, den die Mädels so liebten! Er würde den Text noch einmal überschlafen. Vielleicht schenkte ihm eine nächtliche Eingebung einen weiteren Geistesblitz. Wenn nicht, würde er die dicke Madra, seine Schatzmeisterin, bitten, diese Zeilen in den Computer einzugeben und als Einladung für das große Camp loszuschicken. Christi Himmelfahrt war der Termin.

Sein Lächeln wurde breiter. Höchste Zeit, daß alte Inhalte endlich umgedeutet wurden!

Großer Verteiler natürlich. So viele wie möglich. Und der Titel?

Erleuchtungstage im Seehaus.

Für den Anfang nicht schlecht. Es klang auf jeden Fall so, als ob die fünfhundert Mark, die er sich für Freitag mittag bis Sonntag abend pro Teilnehmer vorstellte, gut angelegt wären.

Er dachte angestrengt nach. Wenn man die kleinen Indianerzelte auf dem Grundstück eng genug stellte, könnte man auf dem Weg hinunter zum See bis zu achtzig Personen unterbringen. Die Jahre des ängstlichen Klein-Kleins waren endgültig vorbei! Jetzt galt es, entschiedene Zeichen für die Zukunft zu setzen.

Die Zeit war überreif für Saba vom Ersten Strahl.

Dabei würde ihn seine geliebte Schar mit Freuden unterstützen. Madra, die das Vermögen verwaltete. Roberto, der wie kein anderer Edelsteine an die Frau zu bringen wußte.

Otera mit den sanften Händen. Sarja, seine kleine, lustige Elfe. Indra Savanna, die Heilerin und Kirlian-Spezialistin. Die freundliche Pradhina, deren köstliche vegetarische Currys auch den müdesten Meister wieder in Höchstform versetzten. Gundula, für alles Graphische zuständig. Rita und Tatjana, seine beiden Geld-Ladies.

Und schließlich Isis.

Sein Blick bekam etwas Milchiges, als er an sie dachte. Isis, seine geliebte Isis!

Er war es, er allein, der als erster den Mut gehabt hatte, gegen die Schatten ihrer Vergangenheit zu kämpfen. In seinen Armen gab es kein Dunkel mehr für sie, nur noch Licht. Bald schon würde sie alle Ängste verlieren.

Er berührte das goldene Isis-Symbol auf seiner Brust.

Nach einer langen Reise durch die Jahrtausende war es Osiris gelungen, sie endlich wiederzufinden.

Und er würde sie nie, nie mehr verlassen.

Weder in diesem Leben noch in einem anderen.

4

Flucht war ihr erster Impuls. Als nächstes dachte sie an Carlos respektlosen Kommentar, unweigerlich und endgültig wie das Amen in der Kirche. Anfallartige Feigheit – so oder ähnlich würde er sich ausdrücken.

Sie atmete tief durch und blieb.

Von Marcus erhaschte sie im Vorbeigehen nur eine erfreulich knackige Hinteransicht und lange, weißbehoste Beine. Er würde sie erst später unter seine Fittiche nehmen.

Die Ohren abgeschirmt gegen den süßlichen Flötenton, der unbarmherzig im Hintergrund wimmerte, ließ sie sich von dem jungen Mädchen im mauvefarbenen Overall in ein schummriges Badezimmer führen. Sanft, aber nachdrücklich wurde sie ermuntert, auf den hölzernen Aufbau zu klettern, der wie ein verunglückter Thronsitz über die Wanne ragte.

Dann steckten ihre nackten Füße in der kleinen Metallwanne. Ein frischer Duft begann sich im Raum zu verbreiten. Sie schnupperte.

»Zedernholz. Sie sind ein Zederntyp«, sagte das Mädchen und ließ sie allein.

Zu Sinas Überraschung setzte die Entspannung fast augenblicklich ein. Eine kleine elektrische Vorrichtung sorgte dafür, daß die Wassertemperatur, statt abzukühlen, beständig leicht anstieg. Die hölzerne Rückwand hinter ihr fühlte sich warm und beinahe lebendig an. Wäre sie Taifuns vierbeinige Gefährtin gewesen, hätte sie vermutlich zu schnurren begonnen.

Marcus kam herein.

Bevor sie sich noch bewegen konnte, war er schon geschmeidig vor ihr auf die Knie gegangen. Mit einem weichen Handtuch trocknete er ihren linken Fuß ab, so hingebungsvoll, als sei jede einzelne ihrer Zehen eine rare Kostbarkeit. Unwillkürlich griff sie nach dem anderen Handtuch auf dem Beckenrand.

Eine feste, sympathische Hand hielt sie zurück.

»Manche unserer Patienten kommen in ihrer ersten Therapiestunde nicht über das Bad hinaus.« Er sprach Hochdeutsch mit hörbarem Schweizer Einschlag, der gut zu seinen grünen Augen und den beinahe schulterlangen braunen Locken paßte.

Hübscher Bengel, dachte Sina. Wahrscheinlich bildet er sich eine Menge darauf ein.

»Das sind die Streßhansel, die immer alles selber machen müssen. Bis sie nicht mehr können.«

Sie ließ sich zurücksinken. Das fängt ja gut an, dachte sie, halb durchschaut. Ein bißchen belustigt. Sehr gespannt.

Das war, bevor er sie berührte.

Er hatte sie in das Zimmer nebenan geführt. Sie zog sich bis auf den Slip aus. Nicht einen Augenblick der Peinlichkeit. Alles schien richtig, genau so, wie es war.

Vor dem Augenschließen hatte sie noch mitbekommen, daß der Raum bis auf die schmale Massageliege leer war. Blauer Teppich. Weiße Wände. Keinerlei Bilder oder Skulpturen. Von irgendwoher kam ein sanfter Ton. Wellenrauschen, eine Brandung, die gleichmäßig ans Ufer schlug.

Er schien über mindestens ein halbes Dutzend Hände zu verfügen. Sina fühlte sie auf ihren Armen und Nackenwirbeln, an ihren Fingergelenken, die gedehnt wurden und sich auf einmal wieder frei und beweglich anfühlten. Auf ihrem Rücken, wo die Wirbel gespreizt und überschränkt wurden, den Knien, die er einwinkelte und wieder entspannte. Irgendwann hörte sie auf zu denken.

»Gut«, sagte Marcus leise, als habe sie mit ihm gesprochen. »Jetzt kann die Reise beginnen.«

Sie flog durch Zeit und Raum, schwerelos, und empfand ihren Körper wie ein fremdes, interessantes Land, in dessen Regionen sie erstaunt verweilte.

Schließlich, nach einer Ewigkeit, endete der Ausflug. Die Hände lösten sich sanft von ihr.

»Noch ein paar Augenblicke liegenbleiben«, sagte er. »Zum Nachspüren. Dann kannst du dich wieder anziehen.«

Sina vergaß, sich über das aufgedrängte Du zu ärgern, so wohlig war ihr zumute. Das fließende Gefühl hielt an, während sie draußen im Vorraum eine neue *session* vereinbarte, zu ihrem Parkplatz ging und sich durch den Berufsverkehr in Richtung Süden quälte. Jetzt war ihr noch weniger nach Harrys Gegenwart zumute als vorher.

Zu allem Überfluß hatte sie nicht geschaltet, als er das *Mangostin* als Treffpunkt vorgeschlagen hatte. Carlo van Rees, ihr beinahe väterlicher Freund, mit dem zusammen sie mindestens einmal pro Monat die kritische Testesserin abgab, hatte es schon vor Wochen von ihrer imaginären Liste gestrichen. »Zu viel heiße Luft. Schischi. Nichts für uns.«

Aber für Harry.

Es paßte zu ihm, wie all die anderen Sachen, mit denen er sich immer ein wenig größer machen wollte, als er war. Geschäfte, die ungemein gut gingen. Tolle Kontakte zu vielversprechenden Künstlern. Reisen sonstwohin. Sie war gespannt, ob er noch die gleichen Phrasen draufhatte.

Sie hatte nicht einmal die Lippen nachgezogen, obwohl sie wußte, wieviel Wert er auf ein gepflegtes Äußeres legte. Sina durchquerte den großen Biergarten, der an diesem warmen Vorsommerabend brechend gefüllt war. Im Gehen versuchte sie sich vorzustellen, wie Harry sie sehen würde. Nach all den Jahren.

Sie war dünner als früher. Im Augenblick zu dünn, wie sie

fand. Knochig, was sie manchmal an eine hungrige Katze erinnerte. Die neue Frisur, die die Ohren freiließ und sich in den Nacken schmiegte, betonte ihre schmale Kopfform. Und ihre dunklen Mandelaugen. Selbstbewußt trug sie die Nase hoch, ihr vielleicht charakteristischstes Kennzeichen.

Dein Problem, hatte Harry sie früher gehänselt. Sina wußte längst, daß ihre Probleme anderswo lagen.

Sie spürte die Blicke in ihrem Rücken, die über ihren türkisfarbenen Mini zu ihren makellosen Beinen glitten, und dachte noch einmal flüchtig an die braunen Wuschellocken von Marcus.

Dann sah sie Harry.

Er erhob sich, halb verlegen, halb artig, und geleitete sie mit einer altmodisch anmutenden Bewegung um den Tisch. Sie setzten sich.

Kein Handschlag, geschweige denn ein Kuß. Sina konnte fühlen, wie die dünne Haut über den alten Gräben neu aufbrach.

»Siehst gut aus, mein Schatz. Richtig erwachsen geworden.« Seine Stimme klang unsicher.

»Du auch.«

Was stimmte. Die dreizehn Jahre, die er älter war, stachen nicht gleich hervor. Sein Gesicht war voller als früher, und die grauen Haare hatten auf seinem Kopf eindeutig die Übermacht gewonnen. Die Säcke unter den Augen waren ein bißchen schwerer, die Falten in den Mundwinkeln eine Spur tiefer. Sonst war alles noch so, wie sie es lange Jahre zu vergessen versucht hatte. Genießerische Lippen. Schiefe Zähne. Undurchdringliche Augen.

»Ich?« Er machte eine abwehrende Bewegung. »Ich bin ein alter Kerl geworden. Manchmal bin ich sogar froh darüber, daß ich nicht mehr den jugendlichen Helden spielen muß.«

Er rauchte nicht mehr. Er hatte Mineralwasser bestellt. Harry reagierte auf ihren fragenden Blick.

»Ach, das meinst du? Auch ein betagter Trottel wie ich muß mal zur Vernunft kommen. Haste mir wohl nicht zugetraut, was?« Er verfiel in sein Berlinerisch. Seine Tricks waren noch dieselben.

Sina war auf der Hut. Das kannte sie, das gezielte Einlullen, um später ungeschützt im Feuer heftiger Attacken allein gelassen zu werden. Er sollte sehen, daß auch sie dazugelernt hatte.

Sie konzentrierte sich auf die Karte. Bestellte bunt durcheinander, obwohl sie nicht hungrig war. Zunächst einen Singapore Sling, den sie genüßlich durch den Strohhalm zog. *Sie* hatte schließlich keine Alkohol-Probleme.

Er wählte bedächtig, wie es schien. Trotzdem fiel ihr auf, daß er wie früher das Teuerste auf der Karte genommen hatte. Angeber, dachte sie, und dann an das Erbteil ihrer Mutter, das unauffindbar geblieben war. Der Rest des Familienvermögens aus Georgien. Zusammengeschmolzen, aber immerhin. Jetzt war es ganz perdu.

Umgesetzt in wertvolle Kunst, wie Harry getönt hatte. Kluge Investitionen in die Zukunft. *Für später einmal.*

Es hatte nur kein Später gegeben.

Paff! Bei ihrer Scheidung hatte sich alles in Luft aufgelöst. Was hätte sie anstellen sollen, um ihr Geld wiederzubekommen? Alle internationalen Kunsthändler anrufen und ihnen die Scherben ihrer Ehe auf dem Silbertablett präsentieren?

Lieber schluckte sie und schnürte den Riemen enger. Die Krankenkasse hatte er ihr bis zum Zweiten Staatsexamen bezahlt. Sie war heilfroh, als es endlich vorüber war. Der alte Ärger kroch ätzend hoch in ihr.

»Was willst du von mir, Harry? Ich bin, ehrlich gesagt, alles andere als scharf auf dich.«

»Schade.« Er sah vergnügt dabei aus. »Und ich dachte, du willst Frieden machen mit deiner Vergangenheit.«

»Den Krieg hatte ich mit *dir*. Und *du* hast als erster die

Waffen erhoben.« Ihre Augen begannen zu blitzen. Sie hatte Lust, den Rest ihres Drinks in sein selbstgefälliges Grinsen zu schütten.

»Ich hatte Sehnsucht nach dir.«

»Sehr witzig. Und weiter? Bist du in Schwierigkeiten? Brauchst du Geld? Ist es das?«

Am Zucken seiner Lider erkannte sie, daß sie ihn getroffen hatte. »Mittlerweile habe ich mich so weit erholt, daß ich dir sogar welches geben könnte. Wenn ich wollte.«

»Du bist ganz schön hart geworden, Gesine.« Jetzt lächelte er nicht mehr. »Schön, aber hart. Und bitter. Vielleicht, weil du zuviel allein bist.«

Wenn sie eines haßte, dann Anspielungen auf ihr Privatissimum. Erst recht von Harry.

»Mach dir keine falschen Hoffnungen«, sagte sie zynisch. »Sie stehen nicht gerade Schlange, aber ich kann mich nicht beklagen. Ehrlich nicht. Und jeder einzelne von ihnen ist besser als du. Tut mir leid, Harry.«

»Mir auch.«

Lustlos stocherte sie in ihrem warmen Meeresfrüchtesalat. Zuviel Schischi, ihr kluger Freund hatte sich nicht geirrt. Die einzelnen Gänge kamen zögerlich, teilweise in der falschen Reihenfolge. Um sie herum brandete der Lärm von den Nebentischen, so daß man sich anstrengen mußte, um sein Gegenüber zu verstehen. Carlo hätte die Frische des Thaigrases bemängelt und den Einsatz von zuviel Chili, dachte sie. Riesenteller mit wenig drauf. Reiner Showeffekt. Wieso sitze ich nicht mit ihm hier und amüsiere mich?

»Du gibst mir keine Chance, Gesine, hab ich recht?« Auch seine Dackelfalten stimmten sie nicht versöhnlicher.

»Ja«, sagte sie und brachte ein Lächeln zustande, von dem sie hoffte, daß es unverschämt genug war. »Du hast recht. Nicht die geringste. Und nenn mich bitte Sina, wenn es dir nicht allzuviel ausmacht.«

Sie stellte den Teller beiseite. »Wollen wir versuchen, den Abend einigermaßen über die Runden zu bringen?« fügte sie nach einer kleinen Pause hinzu. »Wir können ja tun, als seien wir zwei freundliche Fremde, die sich gerade erst kennengelernt haben. Wenn du damit einverstanden bist, Harry, bleibe ich. Wenn nicht, kannst du die nächsten Gänge allein verspeisen. Ich werde ohnehin zu Hause erwartet.«

Er nickte. »Ganz wie du willst.«

Sie überhörte den klagenden Unterton. Vorwürfe zogen nicht bei ihr. Schon lange nicht mehr.

»Schön«, sagte sie munter und setzte sich erwartungsvoll in Position. »Was gibt's Neues bei dir?«

Natürlich schlief sie hinterher schlecht. Taifun, den sie ungnädig ins Wohnzimmer verbannt hatte, verzichtete darauf, die Türen zu öffnen und sich den angestammten Bettplatz zu erzwingen. Dafür strafte er sie mit Schmollen und verschmähte die extrafeinen Krabbenhäppchen.

Auch noch am nächsten Morgen ging er ihr aus dem Weg. Demonstrativ, wie Sina fand. Männer! dachte sie. Alle gleich, selbst als Kater.

Übellaunig und leicht kopfschmerzgeschädigt fuhr sie ohne Frühstück ins Büro. Und hatte gleich als erstes Wulfius von Rheinstahl am Apparat.

Das hat man davon, wenn man noch vor der Sekretärin da ist, stöhnte sie innerlich. Übereifer mangels erfülltem Privatleben. Schöner Mist!

Er schien ziemlich aufgeregt, beinahe außer sich. »Alles ist schiefgelaufen«, keuchte er, als habe er gerade einen strapaziösen 1000-Meter-Lauf hinter sich.

»Ich habe Rita eingeladen, so wie Sie es mir geraten haben. Restaurant *Walterspiel*. Lachsmousse. Saibling. Wodkafeigen. Hat alles nichts genützt. Erst hat sie sich geweigert, den sündteuren Chablis anzurühren, weil ihr Guru predigt, er würde die Zellmembranen verändern. Dann hat sie angeekelt nur die Zuckerschoten herausgepickt, weil sie keine lebenden Organismen mehr ißt. Und schließlich hat sie mir ins Gesicht gelacht.«

Hatte er wirklich geschluchzt? Sie mußte sich geirrt haben.

»Sie denkt nicht daran, mein Geschenk *herauszugeben*, wie sie sich ausdrückt. Jedenfalls nicht, bis ich mich endlich für das zu interessieren beginne, was ihr das Wichtigste auf der Welt ist. Damit meint sie natürlich nicht Marc und Aurel. Sondern ihren komischen Himmelsstürmer-Verein. Und selbst dann nur unter gewissen Umständen, die es noch zu besprechen gäbe. Mehr wollte sie nicht sagen. Das heißt nichts Gutes. Ich kenne Rita, glauben Sie mir! Da stimmt was nicht! Da ist was im Busch – das weiß ich ganz genau. Was raten Sie mir? Wie soll ich weiter vorgehen?«

Sina schnitt ihm eine unsichtbare Grimasse. Auf jeden Fall geschickter als bisher, empfahl sie ihm stumm. »Ja, vielleicht müssen Sie doch eines der anderen Grundstücke ...«

Er unterbrach sie. »Wissen Sie, was das Beste ist? Sie hat diesem Typen und seinem Anhang unsere kleine Stadtwohnung vermietet – hinter meinem Rücken! Dort spricht er zweimal in der Woche zum staunenden Volk. In unserer Wohnung! Manchmal glaube ich, ich halte es im Kopf nicht mehr aus!«

»Vielleicht sollten Sie mal hingehen und sich die Sache in aller Ruhe anschauen«, schlug Sina vor. »Rein interessehalber.«

»Ich? Niemals! Ich mache mich doch nicht öffentlich zum Narren! Nein, so weit kriegt sie mich nicht.« Er schluckte. Mehrmals. »Aber Sie, ich meine, ob Sie nicht einmal ... in meinem Auftrag? Rein interessehalber?«

»Ich weiß nicht«, erwiderte Sina zögernd. »Wozu soll das denn gut sein?«

»Sie bekämen einen Eindruck und könnten mir berichten.

Sina, ich flehe Sie an: Tun Sie mir die Liebe! Ich brauche dringend Ihre Unterstützung – bitte!«

Wenn er es drauf anlegt, kann er richtig schmelzend sein, dachte sie überrascht. Sieh mal einer an, ganz neue Seiten an Herrn von Rheinstahl!

»Wann und wo finden diese Versammlungen denn statt?« fragte sie.

»Heute«, flötete er. »Zwanzig Uhr. Destouchesstraße 14. Und am Freitag. Wenn kein Seminar ist.«

»Ich will sehen, was sich machen läßt«, erwiderte Sina unverbindlich. In ihrem Kopf begann eine Idee zu reifen. Sie würde Carlo bitten mitzukommen. Schließlich gab es kaum jemanden in München, der sich in der Eso-Szene so gut auskannte wie er. Sie hätte ihn schon längst nach Saba fragen können oder wie dieser seltsame Heilige auch immer heißen mochte.

»Ich rufe Sie an, wenn ich Näheres weiß.«

»Sie sind ein Engel!«

»Nein«, gab sie trocken zurück. »Immer noch Teufel.«

Laue Abendstimmung lag über dem Viertel, wo Mehrfamilienhäuser in kleinen Gärten standen. Kinderspielzeug am Zaun, Sandkästen, ein paar aufblasbare Schwimmbassins für die Naseweisen, die nicht warten wollten, bis der Sommer richtig Einzug gehalten hatte.

Vor einem unscheinbaren beigen Häuschen drängten sich Fahrräder. Kein Parkplatz weit und breit. Sina und Carlo umkreisten die Straßenzüge, halbwegs vom *Gesang der Buckelwale* besänftigt, der besten Musik für schwierige Auto-Situationen. Dann, endlich, eine Lücke.

Sie stellten Sinas BMW ab und gingen die paar Ecken rasch zu Fuß. Sie waren spät dran. Wahrscheinlich hatte Saba längst begonnen.

Eine dicke Frau ganz in Weiß ließ sie ein. »Nächstes Mal

kommt ihr aber früher!« sagte sie mahnend, während sie die zwanzig Mark Eintritt kassierte.

»Der Meister mag es nicht, wenn Unruhe entsteht, bevor er zu sprechen beginnt. Er braucht die ungestörte Einstimmung des ganzen Buddha-Feldes. Ich muß euch bitten, rücksichtsvoll zu sein.« Ihre quäkende Stimme klang unerbittlich.

Sie neigten die Köpfe, um nicht in lautes Prusten auszubrechen.

Das Wohnzimmer war bis auf den letzten Platz mit billigen Klappstühlen vollgestellt. »Mindestens sechzig Leute«, flüsterte Carlo. »Saba scheint keine Promotion-Probleme zu haben. Siehst du die Lautsprecher? Die anderen hocken im Garten. Sie übertragen die Rede nach draußen.«

Die Luft war zum Schneiden, obwohl die Türe zur Terrasse leicht angelehnt war; ein Geruch, der sie an was lange Zurückliegendes erinnerte. Carlo und sie sagten es im gleichen Augenblick: »Patchouli!«

Wieder hatten sie gegen Lachreiz anzukämpfen.

Die anderen schienen ernst und gefaßt. Viele junge Gesichter, manche glatt und glänzend vor Frömmigkeit. So hatten die Chorknaben in Sinas Kindheit dreingeschaut, wenn sie versucht hatten, vor dem Weihnachtsoratorium besonders heilig zu wirken. Aber es waren auch ein paar Ältere dabei, Frauen zumeist, scheußlich ausstaffiert mit bequemem, meist lilagefärbtem Baumwollzeug. Windeln war die erste Assoziation, die sie durchzuckte.

Aber die vorherrschende Farbe war Weiß. Viele im Raum trugen sie, und auch der Sessel, der vor der Menge wie ein Thron leicht erhöht placiert war, war mit einem weißen Überzug aus billiger Kunstseide verkleidet.

Zu ihrer Überraschung saß schräg hinter ihr eine ihrer Mandantinnen. Cordelia Blau, Malerin, die Sina in Erbschaftsangelegenheiten vertreten hatte und für witzig und ausgesprochen helle hielt. Auch die Fachprominenz fehlte nicht. Carlo machte Sina auf einen dickbäuchigen jungen Mann aufmerksam, der mit kugelrunden Augen und halbgeöffneten Lippen fischartig der kommenden Dinge harrte.

»Das ist Adrian Havelmann, Herausgeber des Magazins *Die Erleuchtung – jetzt!*«, sagte er leise.

»Und wer ist der andere?« wollte sie wissen. »Der Hypernervöse neben ihm mit dem strähnigen Haar und der Hornbrille?«

»Den kenne ich auch«, zischte Carlo zurück. »Der taucht nur dort auf, wo es was zu holen gibt. Sagt von sich selbst, er habe die Gabe, das Gras wachsen zu hören. Sein Name ist Utz von Merbold. Er ist der umtriebigste Agent der Szene. Wahrscheinlich auf Autorenfang.«

Noch immer keine Spur von Saba.

Plötzlich öffnete sich die Türe, und eine seltsame kleine Prozession kam herein. Vorweg schritt eine blasse junge Frau mit sehr langem, sehr schwarzem Haar und Gesichtszügen wie aus dem neunzehnten Jahrhundert. Ihr folgte augenscheinlich der Meister selbst in einer Art Haremskostüm. Weiße Pumphosen, cremefarbenes Hemd im Russenschnitt. Sehr unglücklich gewählt.

Eine drahtige Rothaarige, die schwer an einem Stapel Broschüren schleppte, bildete den Abschluß.

»Wie die Heiligen Drei Könige«, murmelte Carlo. Sina sah, wie seine Brauen nach oben rutschten. Einer seiner berühmt-berüchtigten Lachanfälle stand unmittelbar bevor.

Die Rothaarige stellte sich hinter den Sessel, die Dunkle glitt anmutig vor ihm zu Boden und nahm den Schneidersitz ein. Saba ließ sich auf der Sitzfläche nieder. Optisch zumindest machte er nicht viel her.

Keine Spur von grauer Wallemähne oder einem beeindruckenden Bart. Kein Seidenschal oder buntes Käppi. Hätte man ihn auf der Straße getroffen, er wäre ohne Schwierigkeit als Ingenieur aus Recklinghausen durchgegangen. Ein flächiges, leicht glänzendes Gesicht, unauffällige Nase, kurzgeschnittenes mittelbraunes Haar. Problematisch und daher bemerkenswert war allein die Mundpartie. Das Kinn spitz und gierig, der Mund eine zu schmale, zu feste Linie. Kaum Oberlippe. Vorbiß. Wahrscheinlich hatte man versäumt, dem Kind Saba rechtzeitig eine Zahnregulierung zu verpassen.

Im Hintergrund entstand noch einmal Unruhe, und ein weiterer Besucherpulk schob sich herein. Über die Schulter erkannte Sina Rita von Rheinstahl, die vergeblich nach vorne strebte, und sie war froh über ihren seitlichen Platz außerhalb der Schußlinie. Während sie ihre Blicke noch umherwandern ließ, entdeckte sie zwei Reihen weiter vorne ein breites, verläßliches Kreuz und braune Locken, die ihr sehr bekannt vorkamen.

Der auch, dachte sie und wußte nicht, ob sie sich freuen oder ärgern sollte. Dann beschloß sie, daß es ihr egal sein konnte. Schließlich war sie bei Marcus in Behandlung wegen seiner »goldenen Hände«, wie Carlo sie leicht spöttisch, aber anerkennend bezeichnet hatte. Und nicht wegen seiner privaten Vorlieben.

Saba legte los. Es war fürchterlich.

Schon nach seinen ersten Sätzen spürte Sina, wie die Hummeln in ihrem Hintern erwachten. Sie begann, auf ihrem Stuhl hin und her zu wetzen und nach einem Fluchtweg Ausschau zu halten.

Fehlanzeige. Selbst vor der Klotüre hockten ergeben Lauschende.

Carlo krümmte sich. »Ist ja nicht auszuhalten«, stöhnte er leise und barg seinen Kopf in beiden Händen. »Das am Anfang war Gurdijeff, danach Alan Watts. Alles zusammengeklaut. Und trotzdem schlecht.«

Die anderen schien das keineswegs zu stören. Sie hingen an seinen Lippen. Dabei tropften ausschließlich Allgemeinplätze heraus, halbvergorene Erkenntnisse zweiter Klasse.

Etwas wie Scham schien er nicht zu kennen, geschweige denn zu empfinden.

Warum sollte er auch? Das reichlich anwesende Volk schien entzückt. Keiner muckste auf. Gespannte Stille.

Saba schien sich seiner Klimax zu nähern. »In der menschlichen Form kann ein Meister nicht richtig verstanden werden«, verkündete er und schaute triumphierend in die Runde, als habe er gerade den Stein der Weisen enthüllt. Sein Ruhrpott-Dialekt tat ein übriges zur absoluten Unerträglichkeit. Sina hatte bei jedem seiner Worte das Gefühl, er spräche ausschließlich über sich selbst.

»Er ist ein grenzenloses Meer der Wahrheit – von Anbeginn der Schöpfung und durch alle Zeitalter hindurch ewig derselbe.«

»Das ist Kirpal Singh«, flüsterte Carlo. Seine Augen funkelten so boshaft, daß sie ihr noch blauer vorkamen als sonst. »Originalton.«

»Meisterseelen, wie und wann sie erscheinen, erzählen uns bisweilen von sich selbst.« Offensichtlich brauchte Saba noch etwas, bis er soweit war. »Durch diese seltenen Äußerungen können die Menschen etwas von ihrer Größe und der verborgenen Kraft erfahren, die durch sie wirkt.«

»Einfach unglaublich – der Kerl traut sich wirklich was!« Carlo sah Sina in gespielter Sorge an. »Gib mir rechtzeitig ein Zeichen, bevor du platzt«, sagte er belustigt. »Wir gehen lieber, bevor wir eine Rechnung für die Teppichreinigung aufgebrummt bekommen!«

Die schwarzhaarige Frau zu Sabas Füßen sah inzwischen richtig elend aus. Kein Wunder, dachte Sina, wenn sie tagtäglich dieses Kroppzeug anhören muß. Warum steht sie nicht auf und geht an die frische Luft?

Keiner stand auf. Alle blieben wie festgeklebt sitzen. Neben ihr begann ein blaugekleideter Mann heftig zu wippen. Dazu verzogen sich seine Lippen. Leises Stöhnen war zu hören. Sie schreckte vor dem durchdringenden Kampfgeruch zurück, der ihm entströmte. Zwei Reihen weiter wimmerten zwei ältere Damen mitleiderregend vor sich hin.

War sie in eine Versammlung von lauter Verrückten geraten?

»Hör auf, dich in deinem Unwohlsein zu suhlen«, murmelte Carlo von rechts. »Achte lieber auf den Typen dort vorn. Es lohnt sich. Ich sage dir später, warum.«

Saba schien ganz in seinem Element. Das Reden hatte sein teigiges Gesicht leicht gerötet. Der oberste Knopf seines Russenhemdes stand nun offen. Auf seiner schmalen Brust leuchtete ein Amulett, ein Isiszeichen aus gehämmertem Gold. Immer wieder spielten seine Hände daran, bis er es schließlich fest umschloß und in einer hysterischen Bewegung an seine Lippen drückte.

»Erleuchtung könnt ihr nur erringen, wenn ihr hingebungsvoll an den Lippen des Meisters hängt, so wie ich mich ganz diesem heiligen Zeichen hingebe.« Er rollte die Augen und wurde lauter. Er sprang auf.

»Befreit euch von den Fesseln des Geschlechts! Werft euer Mannsein über Bord!« schrie er. »Werdet weich wie Frauen! Denn nur die weibliche Seele kann die Tröstungen des Meisters empfangen wie der weibliche Schoß den männlichen Samen!«

Ein Ruck ging durch die Versammlung. Dann waren nahezu alle Frauen auf den Beinen.

»Saba!« riefen sie, die Hände ekstatisch nach oben geworfen. »Saba, wir sind bereit! Wir folgen dir!«

»Bewegt euch!« rief er zurück. »Rollt euer Becken, schwenkt eure Hüften! Laßt die Energie fließen! Ihr seid die Hüterinnen des Lebens! Auf eure Kraft wartet der ganze Kosmos!«

Jetzt gab es kein Halten mehr. Man konnte geradezu Angst bekommen. Sina linste hinüber zu Carlo, der buddhagleich auf seinem Stuhl hockte. Nach vorn zu Marcus, der die Schultern leicht eingezogen hatte und irgendwie unbehaglich wirkte. Nach hinten zu Rita.

Ein aufgelöstes Gesicht. Ihr magerer Körper vollzog wilde Verrenkungen nach allen Seiten. Die Arme und Beine vibrierten. Aus ihrem leicht geöffneten Mund schienen stumme Gebete zu fließen.

Armer Wulfius, dachte Sina zum ersten Mal. Wird zukünftig nicht ganz einfach werden bei seinen Jagdgesellschaften.

Später, im kleinen, magisch beleuchteten Restaurant *Jeeta's*, seit Jahren Carlos Lieblings-Inder, hatte sie sich noch immer nicht beruhigt. Während ihr Begleiter schon heißhungrig über Chapati und Samozas herfiel, mundfaul wie immer, wenn es ihm besonders mundete, liefen vor ihr noch immer die Bilder des Abends wie ein Film ab.

Edelsteinvitrinen im Flur. Plastikbottiche, gefüllt mit Wasser. Ein komisches Fotogerät, unter das man seine Finger legen sollte. Alles von Menschentrauben belagert. Keine Chance durchzukommen.

Die Jüngerinnen vor Saba, ein Schutzschild aus entschlossenen Menschenleibern. Madra, die dicke, aggressive Hüterin der Schwelle. Sarja, das unterernährte Mädchen mit den kurzen roten Haaren, die anschließend versucht hatte, jedem eine Broschüre aufzudrängen. Die schwarze melancholische Schönheit. Isis hatte er sie genannt.

Rita in Ekstase.

»Was bewegt diese Menschen?« wollte Sina von ihm wissen. Sie rauchte so viel wie schon lange nicht mehr. Pelziger Mund, dick belegte Zunge. All ihre Geschmacksnerven waren bereits in Deckung. Wahrscheinlich würde sie morgen früh stinken wie eine Kloake.

»Was bringt sie dazu, auf Typen wie diesen abzufahren?

Hat er was, was ihn anziehend macht? Ich fand ihn nur schrecklich.«

»Er macht seine Sache nicht ungeschickt«, erwiderte Carlo. »Ganz schön gewitzt. Er zählt auf die Frauen und hat damit das richtige Potential erkannt. Eine Mischung aus Indien, einem bißchen Physik à la Charon, einer Prise Zen, etwas Urchristentum – was willst du mehr? Spritualität in Instant-Form. Modisch aufgeschäumt. Zu mehr reicht es ohnehin bei den meisten nicht.«

»Mir ist richtig die Galle hochgekommen«, schimpfte sie vor sich hin. »Es macht mich fuchsig, wenn Menschen gezielt verarscht werden.«

»Sie suchen – und er bietet ihnen eine Antwort an«, sagte Carlo. »Einfacher sicherlich, als sich allein auf den Weg zu machen, um es herauszubekommen.«

Er betrachtete sie lächelnd. Er hatte sie besonders gern, wenn sie zornig war. »Wenn du nichts magst, eß ich auch noch das letzte Stückchen auf«, drohte er. »Du weißt gar nicht, was dir entgeht!«

»Hältst du ihn für gefährlich?«

»Ja.« Seine Antwort kam prompt. »Sehr gefährlich. Das blasse Mädchen neben seinem Thron wirkte reichlich verstört. Aber sie war nicht die einzige. Der schart gezielt Menschen um sich, die auf der Kippe stehen. Verstehst du, Sina? Die professionelle Hilfe bräuchten, kein abgekupfertes Eso-Gewäsch. Er ist ein übler Menschenfänger. Hast du seine Augen gesehen? Machttrip pur. Der will nach oben.«

»Und was sag ich meinem Mandanten?«

Die erste Gabel des brutzelnd heißen Fisch-Tandoori verbrannte Sina beinahe den Gaumen. Jetzt lief auch ihr das Wasser im Mund zusammen.

»Sag ihm, er kann seine Rita oder wie sie heißt vergessen.« Carlo kostete den Wein. Er schloß die Augen. »Ausgezeichnet!« rief er. »Frauen wie sie kommen niemals an. In hundert Jahren nicht. Wenn es nicht Saba ist, dann eben ein anderer.«

»Auf jeden Fall nicht Wulfius.«

»Dein pummeliger Landbaron?« Er grinste wieder unverschämt. »Der auf gar keinen Fall.«

5

Erleuchtungstagebuch, Isis
30. April, lange nach Mitternacht

Immer wieder holt die Angst mich ein.

Nachts zum Beispiel, mit schwarzen großen Schwingen. Packt mich. Schnürt mir die Luft ab, bis ich nicht mehr atmen kann.

Ich liege auf meinem Bett, klein und flach und ganz von Schweiß bedeckt, und stelle mir vor, wie ich langsam verschwinde. Manchmal funktioniert es. Mein Körper wird dünn und immer dünner, bis er endlich die dritte störende Dimension losgeworden ist. Er fühlt sich an wie viel befingertes, abgegriffenes Löschpapier. Dann kommt der nächste Schritt. Faser für Faser werde ich eins mit der Decke. Kein Fleisch mehr, schließlich nicht einmal mehr Stoff.

Endlich ist dieses zermürbende Lebendigsein vorüber. Schon beginne ich, mich sicherer zu fühlen. Um vieles wohler. Ich weiß, wie es sich anfühlt, tot zu sein. Schon seit langem. Ungefähr seit ich sieben war. Vor dem Sterben habe ich trotzdem Schiß.

Dabei müßte es uns vertraut sein, uns allen, wie Er immer sagt, und damit auch mir. Da wir immer und immer wiederkommen. In anderen Körpern, mit ähnlichen Aufgaben. Um die Probleme zu erledigen, deren Lösung für uns noch ansteht.

Ob Er recht damit hat? Ob es wirklich so ist, wie Er verkündet? Es schüttelt mich, wenn ich nur daran denke. Eine schreckliche Vorstellung!

In solchen mutlosen Augenblicken kommt mir die ganze Menschheit vor wie eine Meute verbissener Wiedergänger, die unerfüllt auf dem blauen Planeten herumläuft. Eine Horde dummer, unwissender Kinder, eine Spur von Brand und Zerstörung hinter sich lassend. Etwas, da bin ich mir ganz sicher, scheint bei der Entstehung unsrer Spezies schiefgegangen zu sein. Aber was helfen solche Gedanken? Wozu sind sie gut?

Ich soll versuchen, hell und positiv zu sein. Voller Licht und Liebe. Warm und offen. Seine Insel. Aber es gelingt mir immer weniger. Ich schaffe es nicht. Nein, ich schaffe es nicht mehr!

Die Sache mit dem Nicht-Schlucken-Können ist wieder schlimmer geworden. Keine engen Ketten mehr, nur noch weite Ausschnitte. Da ist sie wieder, die Holzspule, die mir quer in der Kehle sitzt. Das Gefühl, am Hals gepackt und gewürgt zu werden, wie in den vielen dunklen Nächten meiner Kindheit.

Bevor Er kam.

Ich schlafe kaum noch. Ich bin wach und wachsam, aber es ist nicht genug. Ein einziger Moment der Unaufmerksamkeit, ein winziges Nachlassen meiner Konzentration – und schon haben sie mich wieder.

Müde bin ich, auf seltsame Weise von früh bis spät entnervt. Kaum kann ich die vielen Menschen um mich herum noch ertragen. Täglich werden sie mehr, so scheint mir.

Natürlich schreie ich nicht.

Ich beiße die Zähne zusammen, bis mein Gesicht aussieht wie eine weiße, gespannte Maske. Ich lächle mein Totenkopflächeln. Heimlich plane ich die Flucht. Aber wo soll ich hin, nachdem ich mein früheres Leben abgestreift habe wie eine alte Haut?

Ich bin hier. In diesem Augenblick. Ich lebe. Ich atme.

Aber wo war ich vorher? Und wer?

Manchmal fällt es mir schwer, mich an meinen früheren

Namen zu erinnern. An die Straße, in der ich so lange gewohnt habe. Oder ich weiß nicht mehr genau, wann mein Vater Geburtstag hatte. Die Augenfarbe meiner Mutter? Nur noch ein stumpfes, farbloses Grau kommt mir in den Sinn. Langsam, aber unaufhaltsam scheint die Vergangenheit hinter mir blasser und unschärfer zu werden. Die Brücken, die ich abgebrochen habe, sind nichts als dürres, verbranntes Holz.

Macht das wirklich nichts aus? Ist das alles nur Mind-Fuck, *wie Er immer predigt? Letzte Aufbäumungen des Ego? Alter, sinnloser Ballast, der mich am Weiterkommen hindern würde?*

Ich möchte es glauben. Aber ich bin mir nicht sicher. Eigentlich weiß ich gar nichts mehr. Außer, daß ich mich nach Ruhe sehne. Nach tiefer, allumfassender, endgültiger Ruhe. Vielleicht gehe ich deshalb so gern auf Friedhöfe. Um die Toten zu beneiden, die ein bißchen schlafen können und sich ausruhen, bis sie unbarmherzig wieder in dieses endlose Rad des Lebens gespannt werden.

Hier allerdings werde ich keine Ruhe bekommen. Hier schon gar nicht, in diesem Tollhaus, wo jeder auf den anderen schielt. Wo jeder versucht, sich nach vorn zu drängen, in Seine Nähe, um besser und glänzender vor Ihm dazustehen.

Ich dagegen bin lieber im Schatten. Immer schon. Nachtfee, so hat mein Vater mich genannt. Und die anderen nach ihm. Mondfrau. Schwarze Schöne. Nebelnixe.

Auch das ist jetzt vorbei. Ich trage Seinen unsichtbaren Stempel, mitten auf der Stirn, dort, wo das Dritte Auge sitzen soll. Sein Geruch klebt an mir. Er hat mich markiert, wie es sonst nur Kater tun.

Und sie? Ich spüre die neidischen Blicke der anderen, wenn Er mit mir jeden Morgen das Zimmer verläßt, immer später, da wir aus Erschöpfung bis tief in den Vormittag schlafen müssen. Ich höre ihr eifersüchtiges Tuscheln.

Dabei haben sie keine Ahnung. Sie ahnen nicht, welche

stummen, verbissenen Kämpfe wir uns jede Nacht liefern. Wie sollten sie auch wissen, daß wir unsere Körper wie Waffen gegeneinander einsetzen?

Er den seinen wie ein spitzes, grausames Messer. Ich den meinen als stumpfen, empfindungslosen Schild. Langsam allerdings wird er brüchig. Ich fürchte mich vor dem Tag, an dem er zersplittert. Denn Er beginnt, die Geduld zu verlieren. Ich kann es schon spüren. Gleichzeitig wächst Seine Geilheit. Mit tausend klebrigen Fingern will sie nach mir greifen. Je weniger Er mich kriegen kann, desto mehr begehrt Er mich.

Ich könnte Ihn verrückt machen, sagt Er, und manchmal bin ich fest entschlossen, es zu tun. Dann stelle ich mir vor, wie Er völlig außer sich gerät. Ein Wahnsinniger, Er, nicht ich, *der durch die Welt läuft. Und leidet.*

Was die anderen wohl dazu sagen würden?

Wahrscheinlich würden sie mich gefesselt auf einen Scheiterhaufen schleppen und verbrennen, wie man es früher mit unliebsamen Frauen gemacht hat, die man einfach zu Hexen erklärte.

Nein, mit denen kann ich nicht rechnen! Mit keiner einzigen von ihnen. Von ihrem Gesäusel lasse ich mich keine Minute täuschen. Wie enttäuschte Rachegöttinnen sitzen sie im zweiten Glied und warten nur darauf, daß ich einen Fehler mache.

Daß Sein Appetit auf mich nachläßt.

Daß Sein Auge auf eine andere fällt.

Darauf können sie lange warten. Denn Er und ich sind einander bestimmt von Anbeginn. Für alle Zeiten.

Dieser Gedanke ist so schrecklich, daß ich aus dem Fenster springen könnte. Aber was würde das schon bringen?

Damit alles wieder von vorne beginnt?

6

Endlich mal wieder zusammen frühstücken.

Tee, Baguette, Mohnstangen, Landbutter und vor allem Hannes köstliche kaltgerührte Himbeermarmelade. Dazu Vivaldi und ein Samstagmorgen, wie die Götter ihn schöner nicht hätten erfinden können. Natürlich lief nichts ohne Taifun.

Während sie auf der Terrasse tafelten, durchschnüffelte er hingerissen jeden einzelnen Millimeter der Gartenfläche seines Zweitwohnsitzes. Die Rosen waren sicher vor ihm. Der große Bambus wirkte schon mehr als leicht ramponiert. Hanne hatte sich offensichtlich entschlossen, mit Grandezza darüber hinwegzusehen.

»Armer Kerl«, sagte Sina und löffelte nachdenklich ihren Joghurt. »Wenn ich ihn hier so sehe, tut es mir richtig leid, daß er sonst nur ein Dach als Auslauf hat.«

»Mußt ihn eben öfter mal rausrücken«, erwiderte Hanne, die begeisterte Ersatz-Katzenmutter. »Natürlich nur leihweise. Ich weiß gar nicht, woher dieses eifersüchtige Besitzdenken bei dir kommt!«

Sie grinste. Sie war unglaublich guter Laune. Die frühsommerliche Gartenarbeit hatte eine Milchstraße von Sommersprossen in ihr Gesicht gekleckst, was sie frech und jung aussehen ließ. Die biestige Winter-Hanne war wie weggezaubert. Ihr rötlicher Schopf glänzte wie frischpoliertes Kupfer, und an ihren Ohren baumelten zwei neue Turmaline, eisgrün wie Bergseen.

»Schön bei dir«, murmelte Sina und räkelte sich in der

Sonne. Es fiel schwer, anschließend das Geschirr beiseite zu schieben und die Akten auszupacken. Schön blöd, daß sie diese nette Tradition so lange vernachlässigt hatten. Sie war ihnen erst wieder eingefallen, als es schon ziemlich unerfreulich zwischen ihnen geknistert hatte. Gereiztes Gekeife. Einschnappen. Vorwurfsvolles Muffeln. Der ganze Firlefanz, den man Frauenbeziehungen so gern anhängt. Erfolgreichen noch lieber.

Dabei kamen Sina Teufel und die ein paar Jahre ältere Hanne Bromberger bei aller Verschiedenheit in der Regel glänzend miteinander aus. Es gab ein paar Punkte, die die eine an der anderen auf die Palme bringen konnten – Hannes Pfennigfuchserei zum Beispiel oder Sinas Tendenz, Informationen zu lange zu bunkern. Aber das waren Dinge, mit denen umzugehen sie im Lauf ihrer Sozietät immer besser gelernt hatten. Meistens jedenfalls.

Wenn alles lief, wie im Augenblick, ergänzten sie sich wie Yin und Yang. Sina kam auf diesen Vergleich, während sie Hanne von dem denkwürdigen Abend bei Saba erzählte. Sie waren endlich durch mit ihrer Kanzleibesprechung, mehrere Blätter eng beschrieben, die Terminkalender lagen schon wieder zugeschlagen auf der Seite. Ein Gespräch mit den Sekretärinnen stand dringend an. Aber das mußte bis Anfang nächster Woche warten. Inzwischen waren sie bereits beim ersten Campari Orange angelangt.

»Ein Erleuchtungscamp auf Wulfius' Grundstück? Da verwette ich meinen Hut: Das läßt der nie und nimmer zu! Eher springt er in voller Montur in den See. Oder er wirft seinen Grill an, um alle durchzurösten.«

»Ritas Grundstück, Ritas!« korrigierte Sina. »Wenn ich es dir doch sage! Ganz ernsthaft. Nächste Woche soll es dort steigen. An Himmelfahrt, passenderweise. Saba und die Seinen haben dermaßen eifrig die Werbetrommel gerührt, daß mit einem echten Ansturm der Massen zu rechnen ist.«

»Hast du das Kleinod eigentlich schon mal gesehen?« wollte Hanne wissen. »So richtig in natura?«

Sina schüttelte den Kopf.

»Was hältst du davon, kurz rauszufahren und es in Augenschein zu nehmen? Dann weißt du wenigstens, worum er zu bangen hat.«

Sina war sofort dabei. Der Kater wurde ins Wohnzimmer verfrachtet, die Türe einen Spalt offen gelassen, um ihn nicht aus dem gerade wiedergefundenen Paradies zu vertreiben, der BMW in Gang gesetzt. Die meisten der motorisierten Stadtflüchter waren wohl schon an ihren Zielen im Grünen angekommen oder bereits weiter in Richtung Süden. Die Starnberger Autobahn war nur mäßig befahren, und als sie auf die Landstraße abbogen, war noch weniger los. Über kleine Hügelkuppen zog sich das Straßenband, die Sonne flimmerte, und die Wiesen waren unverschämt saftig.

»Warum sitzen wir eigentlich die ganze Woche in unserer muffigen Kanzlei? Kannst du mir das mal sagen?«

»Irgendwas machen wir falsch«, murmelte Sina und öffnete das Schiebedach. »Ich weiß nur noch nicht, was.«

Die Idylle mit Kühen, Schäfchenwolken und Maiwiesen wurde jäh gestört, als sie vor dem Besitz der von Rheinstahls angekommen waren. Ein Seehaus wie aus dem Bilderbuch. Altes Holz, großzügige Veranda, knorziger Baumbestand. Unten, in Sichtweite, glitzerte der kleine See.

»Ich hasse dich! Ich will dich nie wiedersehen!« Wie eine Furie stürzte Rita von Rheinstahl aus der Türe. Ihre linke Wange war puterrot. Unter jeden Arm hatte sie einen ihrer weinenden Sprößlinge geklemmt. Marc und Aurel strampelten empört.

»Jetzt ist Schluß damit! Endgültig! Ich lasse mir von dir nicht mein ganzes Leben kaputtmachen!« schrie sie noch beim Gasgeben aus dem Autofenster. »Du hast mir nichts mehr zu sagen. Ich mache, was *ich* will!«

Eine Staubwolke, dann hatte ihr weißer Volvo zurückgesetzt und war auf der Straße. Sie fuhr, als ob ihr ein höllisches Heer auf den Fersen wäre. Wulfius, am Gatter, sah ihr betröppelt nach.

»Ob wir wirklich aussteigen sollen?« fragte Sina.

Doch es war schon zu spät. Wie ein Ertrinkender eilte der Hausherr auf sie zu. In sichtlich desolatem Zustand.

»Sie schickt der Himmel!« rief er und streckte ihnen hilfesuchend seine Hände entgegen. »Haben Sie alles mitbekommen? Sie sind meine Zeuginnen – alle beide! Rita will mich ruinieren! Was sage ich, an Leib und Leben will sie mir!«

Es gelang ihnen kaum zu zweit, ihn zu bändigen. Er schrie und tobte, stieß Drohungen aus und verfiel im nächsten Augenblick in lautes Jammern. Es dauerte, bis sie ihm endlich entlockt hatten, was passiert war.

Henriette von Rheinstahl war die längste Zeit Besitzerin des hübschen Seegrundstücks gewesen, unter dessen Bäumen sie jetzt mit einem nervlich zerrütteten Wulfius saßen. Vor drei Tagen war sie beim Notar gewesen, um die Urkunde aufsetzen zu lassen. Sie hatte sein fürstliches Geschenk kurzerhand jenem Zusammenschluß weitergeschenkt, der ihr, nach ihren eigenen Worten, »alles« war: der Verein für *Himmelfahrt e. V.* – Sabas nette, kleine Organisation.

Gerade hatte sie ihren fassungslosen Gatten darüber in Kenntnis gesetzt. Auf wenig feinfühlige Weise. Das war der Anfang vom Ende gewesen. Ein Wort hatte das andere gegeben, und zum Schluß war er tatsächlich handgreiflich geworden.

»Sie hat es darauf angelegt«, sagte er jämmerlich. »Die ganze Zeit. Sie hat mich bis aufs Blut gereizt, um zu sehen, wie weit ich gehen würde. Sie weiß doch, wie ich bin. Und das vor den Kindern!«

»Sie sollten versuchen, ein wenig Abstand zu halten«,

schlug Hanne vor. »Bis sie beide wieder ruhiger geworden sind.«

»Und sich auf jeden Fall bei Ihrer Frau entschuldigen«, warf Sina ein. »Am besten schriftlich, damit es nicht gleich wieder von neuem hochkocht. Schlagen geht einfach nicht.«

»Mich entschuldigen? Bei ihr?« Er verstand die Welt nicht mehr. »Nachdem sie mir *das* angetan hat?«

»Mit ihrem Eigentum kann sie machen, was sie will«, sagte Sina lakonisch. »Wenngleich es sicherlich die üblichen Gepflogenheiten innerhalb einer Ehe verletzt, Werte in dieser Größenordnung herzuschenken, ohne den Partner zu informieren.« Sie schüttelte den Kopf. »Sieht nicht gut aus für Sie«, meinte sie.

»Sie meinen, ich kann nichts dagegen unternehmen?« Er schnüffelte, als würde er im nächsten Augenblick in Tränen ausbrechen.

»Ja, im Moment...« Es machte Sina richtig Spaß, ein wenig in seiner Wunde zu wühlen. »Sie sind schließlich nicht ihr Vormund.«

Er schnappte hörbar.

Harry fiel ihr wieder ein, und ihr Erbe, das sich auf abenteuerliche Weise bei ihrer Trennung verdünnisiert hatte. Wenigstens war es diesmal ein wenig anders.

»Beruhigen Sie sich erst einmal, Wulfius«, lenkte Hanne ein und warf einen ärgerlichen Blick auf Sina. Ihre morgendliche Idylle bekam die ersten Sprünge. Sie hatte Sina doch vermittelt, wieviel ihr an diesem Mandat lag.

»Wer weiß, ob Rita Ihnen nicht nur gedroht hat.«

Er verneinte verbissen. »Die droht nicht«, sagte er. »Die nicht.«

»Versuchen Sie, die Nerven zu behalten! Für die Grundbuchänderung müssen Sie sechs bis acht Wochen ansetzen. Also noch Zeit, um mit Ihrer Frau zu sprechen«, schlug Sina vor, die Hannes Rüffel kapiert hatte. »Rufen Sie mich nächste

Woche an. Ich werde versuchen, mehr über Saba und seine Geschäfte herauszufinden. Ich hab da meine speziellen Quellen.«

Aber selbst die wußten nicht viel mehr.

Der Guru aus dem Pott entpuppte sich als Rätsel. Keiner konnte genau sagen, woher er stammte. Er war eines Tages in München aufgetaucht, ziemlich bescheiden zunächst, ein bißchen abgerissen.

Kleine Brötchen hatte er gebacken. Anfangs zusammen mit zwei anderen Typen; einer von ihnen, ein etwas windiger Steinehändler namens Roberto, hielt ihm noch heute die Stange. Dieter, der den Kirlian-Apparat für Sabas spezielle Anliegen weiterentwickelt hatte, war irgendwann in der Versenkung verschwunden.

Überhaupt schien es Saba, wie er sich auch damals schon genannt hatte, mehr mit den Frauen zu halten. Die ersten, die ihm gefolgt waren, rekrutierte er aus dem Heer jener Überschüssigen, der gewissermaßen eisernen Reserve, die vorzugsweise Seminare, Workshops und Ferienkurse bevölkern. Oftmals enttäuschte, immer leicht verknitterte Damen, unbestimmten, aber fortgeschrittenen Alters, die viel durchgemacht haben. Leiser Bitternisgeruch in der Luft. Feiner Staub von zerriebenen Hoffnungen. Deutlicher Hang zu silberdurchwirktem Indienschrott.

Das Geld saß ihnen nicht gerade locker, aber sie waren willens zu bezahlen. Ihre Spur verriet den Weg, den Saba vom Ersten Strahl beherzt eingeschlagen hatte.

Die ganz harte Tour. Nichts war ihm geschenkt worden. Pfarrsäle, Freizeitheime, Jugendzentren, stundenweise billig gemietet. An einen wie ihn? Seine praktische Tarnung war das Physiker-Mäntelchen gewesen, in das er sich in jenen Tagen noch gern gekuschelt hatte. Die Erleuchtung traute er sich erst später aufs Tablett zu bringen.

Da waren die Räume schon besser, die Gruppen größer und die Frauen, die kamen, um ihn zu hören, bedeutend jünger.

»Wie kann man so einem das Handwerk legen?« Sina und Carlo waren bei einem ihrer frühabendlichen Dauertelefonate in dieser Sache. Ihr Freund hatte alle Hebel in Bewegung gesetzt, um sie mit Informationen über Saba zu füttern. Beide hatten erwartet und gehofft, mehr herauszufinden.

»Solange er sich nichts zuschulden kommen läßt, gar nicht«, erwiderte Carlo nachdenklich. »Jeder kann öffentlich auftreten und in aller Ausführlichkeit über Erleuchtung sprechen. Niemand wird gezwungen, dafür zu bezahlen, wenn er nicht will. Und schließlich ist es nicht verboten, sich Grundstücke schenken zu lassen. Oder Vermögen.« Er lachte leise. »Vielleicht sind wir beide nur neidisch auf ihn. Weil man uns bislang übersehen hat, was meinst du, Sina?«

»Kannst du nicht einmal ernst sein?« Etwas arbeitete in ihr. Das waren Zeiten, in denen sie manchmal empfindlich auf seinen Humor reagierte. »Er *muß* zu packen sein. Eine schwache Stelle, eine schlecht gefüllte Lücke in seiner Biographie. Vielleicht eine Möglichkeit für die Presse?«

»Die sitzt längst in den Startlöchern«, nahm Carlo ihr die Illusion. »Allen voran dieser Havelmann, aber der richtet keinen großen Schaden an mit seinem Käseblatt. Sogar die hiesigen Boulevard-Heinis haben ihn interviewt. Nach dem Motto: Phänomen Guru. Wenn München schon mal einen zu bieten hat.«

»Widerliche Bande!« knurrte Sina. »Typisch für diese Stadt!«

»Das Schlimme ist, daß Typen wie er die ganze Innung in Verruf bringen.« Jetzt sprach der Psychotherapeut aus Carlo, der seit zwanzig Jahren mit ungewöhnlichen Mitteln ungewöhnliche Heilerfolge erzielte. Abseits vom jeweiligen *main stream*. Mutig und unbeirrbar. Sein leises Tremolo in der

Stimme verriet, wie ärgerlich er darüber war. »Dann kann der Normalbürger sich befriedigt zurücklehnen, um festzustellen, daß Spiritualität, Esoterik und ganzheitliches Bewußtsein doch nur etwas für Quatschköpfe und Vollidioten sind.«

»Sind sie das etwa nicht?« frotzelte sie.

Bevor er noch antworten konnte, hatte sie schon aufgelegt.

»Schlaf gut, mein Spinner! Ich muß leider noch arbeiten.«

Sie war froh, daß Marcus noch in ihrer Wohnung war, als der Anruf kam.

Marcus Winter, wie sein vollständiger Name lautete. Geschicktes Nachbohren ihrerseits hatte an den Tag gebracht, daß er auch bereit war, außerhalb des Instituts und der dort festgelegten Zeiten zu arbeiten.

In ganz bestimmten Fällen.

Einer dieser Fälle war nun Sina. Beglückt, überzuckerten Flötentönen und langen Wartezeiten entgehen zu können, nahm sie ein Fußbad in ihrer eigenen Badewanne, um sich anschließend seinen »goldenen Händen« anzuvertrauen.

Diesmal widmete er sich vor allem ihren Beinen und Füßen. Hingebungsvoll, wie sie fand.

Sie fühlte sich hinterher ein bißchen wie eine erlöste Ausgabe von Andersens *Kleiner Seejungfrau*. Im Gegensatz zu ihr mußte sie bei jeder Bewegung nicht schmerz-, sondern lustvoll aufstöhnen.

Das Telefon riß sie aus ihren Phantasien. Sie brauchte ein paar Augenblicke, bis sie die Stimme erkannte. Dann war ihr alles klar.

»Ichbinhierunte«, lallte es am anderen Ende. »Musdichsehn, sonspassierwas!«

Zuerst wollte sie auflegen, ohne überhaupt zu antworten. Schließlich sagte sie doch etwas.

»Hast du aus Versehen zuviel von deinem Mineralwasser erwischt?« fragte sie bitter.

Sie hörte, wie er heftig an einer Zigarette zog.

»Ach, ich erinnere mich dunkel. Du rauchst ja nicht mehr, nicht wahr?«

Weh tat es trotzdem. Sie hätte es ihm gewünscht, es geschafft zu haben.

»Bitte, Sina!« Jetzt war er deutlicher zu verstehen. »Ich will rauf zu dir! Ich muß! Nur eine Minute! Eine einzige – bitte!«

»Nein«, sagte sie resigniert und hängte ein. Und das Telefon gleich aus.

Bald darauf pochte es an ihre Türe, mehrmals, ungeduldig. Dann trommelte er. Später hörte sie ein heftiges Kratzen. Endlich blieb alles still.

»Soll ich bleiben?« fragte Marcus, den sie in knappen Worten informiert hatte. Die Kanne Jasmintee war mittlerweile leergetrunken. Es war schon nach elf.

»Nein«, sagte Sina und bemühte sich um ein kleines Lächeln. »Danke für dein Angebot. Jetzt hat er wahrscheinlich aufgegeben.«

»Und wenn nicht?« Er schaute sie besorgt an.

Nicht nur besorgt, wenn sie ehrlich war.

Sicherlich war er keinen Tag älter als neunundzwanzigeinhalb. Bei diesen Schultern und diesen Händen.

Es tat ihr trotzdem gut.

»Wenn er wiederkommt, um dich weiter zu belästigen?« unternahm er einen weiteren Versuch.

Sie blinzelte zurück.

»Da kennst du Harry nicht«, sagte sie langsam. »Soviel Mühe macht er sich nicht. Nicht, solange er noch genügend Geld in der Tasche hat, um die nächste Flasche zu kaufen.«

Sie würde nicht zu weinen beginnen. Nicht heute abend. Nicht wegen Harry.

7

Erleuchtungstagebuch, Otera
4. Mai, morgens

Wieder beginnt ein Tag, der nicht viel Gutes verheißt.

Gekeife im Hintergrund. Roberto ist stinksauer. Die Dicke hat wütend die Türe geschmissen. Wenigstens ein paar Stunden werden wir Ruhe vor ihr haben. Keine Lösung auf Dauer allerdings.

Kein Wunder – die Wohnung ist viel zu klein und der knappe Platz ungerecht verteilt. Daß Er ein eigenes Zimmer hat, ist ganz in Ordnung. Aber die anderen! Die sind schließlich nicht erleuchtet seit dem 12. März 1986. Ebensowenig wie ich.

Ich? Wo bleibe ich eigentlich?

Ich komme mir vor wie der Fußabstreifer, der je nach Bedarf in die Ecke geschoben und wieder herausgeholt wird. Nie darf ***ich*** *irgendwo richtig mitmachen! Und* ***meine*** *Stimme gilt gar nichts bei wichtigen Gruppen-Entscheidungen, die ununterbrochen getroffen werden müssen. Ich bin schließlich nicht blöd – auch wenn sie es mich gern glauben machen wollen.*

Niemand hat mich gefragt, ob ***ich*** *auch hauptsächlich auf dem Land leben will.*

Oder was ***ich*** *davon halte, daß wir neue Bewerber zur Probe bei uns wohnen lassen (da wird es noch enger – grauenvoll!).*

Und keiner hat es für wert befunden, ***mich*** *darüber aufzu-*

klären, warum wir unter keinen Umständen Auskunft über Seine Herkunft erteilen dürfen.

Natürlich schere ich nicht aus. Aber in mir kocht es. Ich fühle mich so verkannt!

Sie sagen ständig, ich sei vor allem für das »Praktische« zuständig. Das heißt mit anderen Worten, daß sie mich für eine Art seelenvollen Volltrottel halten. Oder wie ist es zu erklären, daß immer ich zum Einkaufen geschickt werde – während die anderen in Meditation sind?

Du bist so in dir.

Das sagen sie mir nur, damit ich weiter ihre Dreckarbeit mache. Sogar Er hat sich – zu meinem tiefen Schmerz – jetzt auch auf ihre Seite geschlagen. Ich merke es daran, daß Er sich nicht mehr von mir anfassen läßt. Das ist noch schlimmer geworden, seitdem Er die andere hat.

Nicht einmal mehr zum Massieren.

Dabei schreit Sein Körper nach meinen sanften, wissenden Händen, die die harten Knötchen in Seinem Gewebe lösen können. Das spüre ich mit jeder Faser.

Aber sein Kopf wehrt sich gegen mich.

Hat Er Angst, zu tief mit mir zu verschmelzen? An Punkten von mir berührt zu werden, die Er niemandem mehr preisgeben möchte? In meinen Armen aufzugehen, auch wenn ich geistig nicht immer mit Ihm auf derselben Ebene mithalten kann?

Ob er ahnt, was wirklich um ihn herum vorgeht?

Die Machenschaften im Hintergrund? Wie entzweit wir oftmals untereinander sind? Die bösen Dinge, die gesagt werden, wenn Er nicht im Raum ist? Mein Magen zieht sich zusammen, wenn ich nur daran denke.

Die Antwort, die mir spontan dazu einfällt, lautet nein.

Ich glaube nicht, daß Er Bescheid weiß. Obwohl Er doch immer sagt, Er könne unsere geheimsten Gedanken lesen. Weil unsere Seelen mit Seiner untrennbar verbunden wären seit dem Anbeginn aller Zeiten. Durch glitzernde, silberne Fäden.

Vielleicht ist einer dieser Fäden ein bißchen brüchig geworden in letzter Zeit. Jetzt, wo Er so viel um die Ohren hat, daß Er weniger sieht und hört als früher.

Als je zuvor.

Ich stelle es mir sehr anstrengend und zermürbend vor, von morgens bis abends erleuchtet zu sein.

Zum Glück bin ich noch ein ganzes Stück davon entfernt. Er hat sich wahrscheinlich längst an das ständige Blissgefühl *gewöhnt. An die gesenkten Köpfe und die gebückten Rücken vor Ihm.*

Ist das Glück? Ist das Samadhi? Sieht so die Erlösung aus, nach der wir streben???

ZWEIFEL–ZWEIFEL–ZWEIFEL...

Vor dem Einschlafen

Den Tag irgendwie gemeistert. Mehr schlecht als recht. Nur einmal laut geworden, und das nicht sehr. Ich wachse. Aber Wachsen kann weh tun.

Meine Gedanken fliegen davon.

Ich träume wieder öfter vom Weggehen. Einfach alles hinter mir lassen, die weißen Kleider, das stundenlange Meditieren, die harten Futons. Keine Seelenarbeit mehr, keine Gruppendiskussion, keine Lügen mehr anhören. Vor allem kein Erleuchtungstagebuch mehr führen (wie abgrundtief ich dieses Ding inzwischen hasse – aber ich kann nicht mehr ohne!).

In ein warmes, südliches Land gehen, am Meer leben, ganz schlicht, ganz simpel, von den Früchten der Umgebung. Lustvolle Massagen geben. Körper spüren. Wein trinken. Liebe machen.

Glücklich sein.

Jetzt könnte ich. Aber mir fehlt noch der Mut dazu.

Ob ich später dazu in der Lage bin? Dann, wenn alles endlich vorbei ist?

8

München stürmt Iffeldorf. So sah es beinahe aus.

Der verschlafene kleine Ort – ein Lebensmittelladen, eine Wirtschaft, eine Handvoll Bauernhöfe – verstand die Welt nicht mehr. Verstört zogen sich die Anrainer in ihre Häuser und Gärten zurück und machten die Schotten dicht.

Davon ließ sich die anrollende Menschenflut allerdings nicht beeindrucken. Ausgestattet mit allem, was für die Erforschung früherer Leben unabdingbar ist – Zelt, Schlafsack, Küchenrolle, Ersatzpumphose –, machten sich die Erleuchtungswilligen auf dem Seegrundstück breit.

Inmitten von jaulenden Hunden, greinenden Kindern und den ersten Unzufriedenen, die sich über unzureichende Sanitäranlagen beklagten, hielt Rita von Rheinstahl Hof. Trotz der erst kürzlich veränderten Eigentumsverhältnisse. Aber mehr denn je fühlte sie sich als quicklebendiger Tropfen des ewigen Quells, den *Himmelfahrt e.V.* für sie bedeutete.

Zum ersten Mal in ihrem Leben machte ihr die Rolle der Gastgeberin und besorgten Hausmutter wirklich Spaß. Da ließen sich die kleinen Unbequemlichkeiten des Anwesens schnell vergessen: die Kiesanfahrt, die jetzt im Sommer fürchterlich staubte, die mangelhaften elektrischen Leitungen, das fliegenbelagerte Zusatz-Plumpsklo.

Rita schien überall gleichzeitig zu sein. Wies Neuankömmlinge ein, beruhigte die Gemüter, zerrte für die unvermeidliche Nachhut noch ein paar Laken aus irgendwelchen Geheimtruhen. Alles schien wunschgemäß zu verlaufen. Sogar die eingeladene Eso-Prominenz war erschienen.

Marcus Winter gehörte nicht ganz dazu. Aber immerhin war er festes Team-Mitglied des renommierten *Instituts für Körperbewußtsein*. Ganz hinten entdeckte sie Havelmann, den Zeitschriften-Verleger, wie er, mit einem dicken Eis in der Hand, den Bootsschuppen inspizierte.

Zuvor hatte sich Utz von Merbold bereits für einen morgigen Audienztermin bei Saba vormerken lassen. Für die rasche Veröffentlichung der besten *readings* des Meisters schien er einen Verlag in petto zu haben. Den Lektor, einen kleinen Dunklen mit leicht fettigem Pferdeschwanz und schuppenübersätem Sakko, hatte er vorsorglich mitgebracht.

Dazwischen rannte sie immer wieder aufgeregt zu Saba, der im schönsten Korbsessel mitten auf der Veranda thronte und abgeklärt das wilde Durcheinander um sich herum betrachtete. Er schien deutlich erleichtert, als Marc und Aurel von ihrer Mutter doch noch abgehalten werden konnten, seinen Kopf als Zielscheibe für ihr Wasserpistolenschießen zu benutzen. Die beiden verzogen sich mit Tatjanas Sohn Johannes, um anderswo ihr Unwesen zu treiben.

»Sind halt noch junge Seelen, meine zwei«, sagte Rita und lächelte verständnisheischend.

»*Sehr* junge.«

Man konnte Saba vom Ersten Strahl keiner übertriebenen Kinderliebe bezichtigen.

So vielversprechend begannen die *Erleuchtungstage*. Das vom Meister ausdrücklich anbefohlene Buddha-Feld vibrierte vor Potenz. Und beim *energy*-Kreis, seinem traditionellen Einstieg mit dem garantiert höchsten *output*, flogen den Teilnehmern die positiven Schwingungen geradezu um die Ohren. Selbst die junge, leicht übergewichtige Schwäbin, die randvoll mit Andacht und Begeisterung kurzfristig aus den Sandalen gekippt war, konnte sich nach einer sanften Handauflegung Sabas wieder wohlauf einreihen.

Nichts trübte die glänzende Stimmung. Erwartungsgemäß ging der warme Tag in einen lauen Abend über, mit ländlichem Grillengezirpe, Vollmond und Horden von ausgehungerten Stechmücken. Nach dem reinigenden Bad im kleinen See saßen alle ums flackernde Lagerfeuer und verschlangen Unmassen des köstlichen Tofu-Eintopfes, den Rita vorgekocht hatte.

Ein paar Mal zuckte sie noch zusammen. Gewohnheitsmäßig sozusagen. Das war immer dann, wenn ihr die großflächig verdorbenen Rasenpartien in den Sinn kamen. Eiligst verscheuchte sie diese materiell orientierten Gedanken.

Was waren schon ein paar Meter verkohlter Grünfläche gegen berauschende Erlebnisse dieser Güteklasse?

Alle fühlten sich wie im Paradies. Selbst dann noch, als der Himmel mitten in der Nacht unvermutet seine Schleusen öffnete und einen saftigen Platzregen auf sie herunterprasseln ließ. Die in den Tipis hatten es gut. Zumindest die in den wasserdichten.

Die anderen verzichteten notgedrungen auf Schlaf, klatschnaß, wie sie waren, und begannen schon vor dem Morgengrauen mit der Zubereitung des garantiert pestizidfreien Kräutertees. Ein Geheimrezept, das Sabas Jüngerin Pradhina unlängst von einer Reise aus dem Himalaya mitgebracht hatte.

Als alle aus den Laken gekrochen waren und sich zu den Rhythmen tibetischer Klangschalen ausgiebig geschüttelt hatten, stieg die Erwartung spürbar an. Gestern, das war nur Einstimmung gewesen. Zum Warmwerden. Die eigentlichen Highlights waren heute dran.

Keiner hatte die aufregenden Worte von Sabas persönlich gehaltenem Einladungsschreiben vergessen. Deshalb waren sie gekommen. Um eben den tiefen Blick in jene geheimnisvollen Leben zu tun, die der Meister ihnen verheißen hatte.

Von Veranstalterseite war man gerüstet. Saba und die Seinen wollten nichts dem Zufall überlassen. Dazu gehörten die extraharten Yogi-Matten. Jede Menge Bettücher. Klopapierrollen für die unvermeidliche Tränenflut. Edelsteine, dem Reinigungsprozeß dienlich (auf Wunsch anschließend käuflich zu erwerben). Plastikkannen voll Levitiertem Wasser (im Preis inbegriffen).

Die Rollen-Spiele konnten beginnen. Leider lief an diesem Tag einiges schief.

Buddy an der Hammondorgel, gebucht, um vom Wohnzimmer aus das Geschehen am Hang sanft zu intonieren, weigerte sich aufzutreten. Ein kaugummibeschmierter Sessel hatte seine neue Hose mit den Satinstreifen ruiniert. Marielle solidarisierte sich mit ihm. Damit fiel das individuelle Seelenlied (Oberton!) ebenfalls ins Wasser.

Die dritte im Bunde, Rudy, ihres Zeichens Channeling-Medium aus Kansas, brach in Tränen aus. An diesem Ort sei kein Raum für Empfindsame wie sie. Schluchzend lief sie zum Bootssteg.

Krisenstimmung, denn das angekündigte Rahmenprogramm schien ernsthaft gefährdet. Mehr noch, der Frust ging um. Schon begannen die ersten etwas von »schlechten *vibrations* hier« zu murmeln.

Saba selbst hielt sich dezent im Hintergrund. Wofür hatte er seine geliebte Schar? Mit vereinten Kräften gelang es Sarja, Madra und Otera schließlich, die Gekränkten zum Bleiben zu überreden. Das mit dem Auftritt würden sie sich noch überlegen. Aber die Chancen standen gut. Schließlich waren alle drei schon im Rentenalter und konnten ein bißchen Extrageld gut gebrauchen.

Ein Hauch von Unfrieden allerdings blieb zurück.

Das war noch bevor ein Seminarteilnehmer aus Traunstein von Ritas in der Regel gutmütigem Hirtenhund Filou ohne Vorwarnung in den Schenkel gebissen wurde.

Wieder mußte unterbrochen werden; wieder fiel der neuerliche Einstieg schwer. An diesem zweiten Gruppentag waren die Emotionen spürbar angeheizt. Sabas Rituale, in denen es zentral um Schuld und Schuldige ging, taten ein übriges. Immer wieder durchschnitt Kreischen die gespannte Stille, oder heftiges, anfallartiges Weinen ertönte.

»Laßt es raus aus euren Körpern!« rief Saba und wedelte aufmunternd mit den Armen.

Die eigentliche *Befreiungsarbeit*, wie er es nannte, überließ er längst seiner bestens eingearbeiteten Crew. Seine Zeit des Schweißabwischens und Naseputzens war vorbei. Allerdings war er nicht ganz zufrieden. Es lief alles etwas zäh, nicht so rund und harmonisch, wie er es sonst gewohnt war. Er beschloß, ihnen ein wenig Zunder zu geben.

»Das Sterbespiel beginnt!« rief er. »Ihr könnt es auch nennen: Geh über den Jordan, den Nil, den Amazonas – und erkenne dich wieder. Du bist Tausende Male Täter gewesen und ebensoviele Male Opfer. Alles ist in dir gespeichert. Dein Körper kann nur rein und frei und erlöst werden, wenn du diese uralten Muster in ihm löschst.«

Der Kreis um ihn war enger geworden. Im Westen stiegen Wolken auf. Es war drückend schwül.

»Wo sind deine Mörder? Wo die, die durch deine Hand sterben mußten? Schau dich um! Sie alle sind hier! Du kannst sie erkennen – wenn du willst. Du kannst dieses karmische Band zwischen euch kappen. Du kannst frei sein! Frei!«

Das wirkte. Zögernd erst, bald schon beherzter, umkreisten sich Peiniger und Gepeinigte. Hier lagen sich die ersten schluchzend in den Armen, dort kreischten andere und beschimpften sich gegenseitig. Alles noch nicht genug für Saba vom Ersten Strahl. Noch immer fehlte ihm der entscheidende Schuß *action*, den er für unumgänglich hielt.

»Ihr blockt!« schrie er und rannte in die Mitte. »Und haltet fest! Ihr Feiglinge! Seht mich an – ich bin schon tausendmal gestorben, und ich kenne meine Mörder – alle!«

Mit wildem Blick starrte er in die Runde. Aurel, der fröhlich mitgetollt war, fing zu weinen an.

»Und nicht nur die bisherigen«, fuhr er ungerührt fort. »Ich weiß sogar, wer mich künftig in den Tod befördern wird. Aber was mache ich dagegen? Seht her!«

Er umarmte die schlakisge Sarja, die zufällig neben ihm stand, dann einen älteren Mann. Beide entzogen sich ihm leicht verlegen.

»Vergeben kann ich, allen verzeihen – weil *ich* meine Muster getilgt habe!«

Tief beeindruckt, versuchte die Gruppe, es ihm nachzutun. Ein lautstarkes Beschimpfungs-Versöhnungs-Spektakel hob an, das weit über den See hallte. Saba lächelte befriedigt. Jetzt war es so, wie er es am liebsten hatte.

In diesem Augenblick erreichte ein dunkelblauer Benz die Einfahrt. Wulfius von Rheinstahl, leger in Leinenhose und halsfernem Hemd, stieg aus.

Wilde Blicke. Roter, leicht angeschwollener Hals. »Wo ist Rita?« herrschte er den ersten an, der ihm über den Weg lief.

»Weiß nich. Is das die, die hier kocht?«

Er ließ ihn mit einem verächtlichen Schnauben links liegen und betrat das Haus. Nur mit Mühe gelang es ihm, es wiederzuerkennen. Auf den handgezimmerten Bauernmöbeln lagen dicke Schichten Rucksäcke, Sweatshirts, jede Masse Socken. Irgendein Wahnsinniger hatte Jasminöl in großer Menge in den Terrakottaboden eingetreten. Die Flecken würden bis in alle Ewigkeit nicht mehr herauszubekommen sein. Mit mahlenden Kinnbacken drang er in die Küche vor.

Dort fand er Rita, neben einer liebenswürdig Rundlichen vor einem Berg Kartoffeln sitzend. Ein Drittel davon war schon geschält. Beide schienen Spaß zu haben. Beide lachten. Im Hintergrund dudelte leise Meditationsmusik.

Das friedliche Bild ließ ihn noch saurer werden als die Verwüstung in den anderen Räumen.

»Hier hast du dich verschanzt«, sagte er unfreundlich. »Und läßt einfach zu, daß die anderen unseren Besitz verwüsten!«

Sie hob den Kopf. Sah ihn wachsam an. »Was willst du hier, Wulfius?« fragte sie sanft. »Am Camp teilnehmen?«

»Ich brauche keine Entschuldigung, um hierherzukommen!« rief er aufgebracht. »Das ist mein Haus, du bist meine Frau, und die verdreckten Kleinen dort draußen sind noch immer meine Kinder!«

Rita blieb ihm die Antwort schuldig und schälte konzentriert weiter.

»Hast du die Brandflecken auf dem Rasen nicht gesehen? Und der Rest der Wiese ist niedergetrampelt von diesen, diesen Gehirnamputierten!«

»Bist du fertig? Dann möchte ich, daß du dich verabschiedest. Du siehst ja, wir haben zu tun!« Ihre Stimme hatte einen gläsernen Unterton bekommen.

Pradhina neben ihr kicherte respektvoll. »Alle Achtung!« murmelte sie. »Wie du es ihm besorgst!«

Mit drei Schritten war er bei Rita, packte ihren Arm so fest, daß ihr das Schälmesser entglitt. »Glaub nicht, daß du mir so davonkommst!« schrie er. »Nicht einmal du kannst anderthalb Millionen einfach verschleudern – an diese...!«

»Laß sie sofort los, du Rohling! Du tust ihr ja weh!«

Die andere war stärker, als er gedacht hatte. Sie hing an seinem Arm und versuchte, ihn von Rita wegzuziehen.

»Halten Sie doch Ihren Mund, Sie dumme Person!« rief er außer sich. »Das geht Sie einen feuchten Kehricht an! Rita ist meine Frau – und ich kann machen mit ihr, was ich will!«

»Auch wenn sie schwanger ist?«

Die Worte fielen herab wie ein Senklot. Wulfius von Rheinstahl wechselte die Farbe.

»Schwanger? Du?« stammelte er. »Warum hast du nichts gesagt? Ich meine, wie lange bist du schon...« Er brach ab.

Setzte sich auf den Küchentisch. Fingerte nach einem Taschentuch.

»Und von wem?« zischte Rita, die sich das schmerzende Handgelenk rieb. »Das wolltest du doch fragen, oder? Das ist doch das einzige, was dich interessiert!«

»Rita, ich...«

»Ja, du!«

Jetzt war sie es, die schrie. »Du bist es jedenfalls nicht! Du nicht!«

Wie eine ländliche Rachegöttin stand sie vor ihm. Hinter ihr Pradhina, zum Äußersten bereit.

Er wollte schon abdrehen, als die Türe aufging und Saba hereinkam.

»Ist er es?« Wulfius von Rheinstahl deutete mit ausgestrecktem Zeigefinger auf den Erleuchteten. »Hat *er* dich geschwängert? Wenn du mir das angetan hast, Henriette-Constanze, dann bringe ich dich um! Das schwöre ich dir!«

»Was geht hier vor?« fragte Saba streng. Aber keiner der Anwesenden machte Anstalten, den Meister aufzukären.

»Was willst du hier?« wandte er sich zuerst an Wulfius.

»Das fragst ausgerechnet du? *Du?*« Ritas Gatte versetzte Saba einen heftigen Stoß, der ihn taumeln ließ. Drängte ihn weiter in Richtung Türe, bis er ziemlich unbequem zwischen drinnen und draußen klemmte.

»Du bist doch an allem schuld!« schrie Wulfius. »Du allein! Das Handwerk werde ich dir legen! Nein, viel besser: Man sollte dir das Maul stopfen – für alle Zeiten!«

Unkontrolliert drosch er auf ihn ein. Der andere, kleiner, schmächtiger, duckte sich und versuchte auszuweichen. Als er keine andere Chance mehr sah, packte er den Arm seines Gegners und hieb seine kleinen spitzen Schneidezähne hinein. Wulfius jaulte so auf, daß er seinem Namen alle Ehre machte, und ließ ihn los. Wieselflink war Saba hinaus ins Freie gelaufen. Er ihm nach. Rita und Pradhina hinterher.

»Du entkommst mir nicht!« schrie Wulfius. »Bis ans Ende der Welt folge ich dir, um dir den Garaus zu machen, du widerlicher Scharlatan! Du Vermögenserschleicher!«

Ihr Auftritt fiel mit dem Beginn der späten Mittagspause zusammen. Im Nu hatte sich ein Rudel von Neugierigen um sie geschart, die mit großem Interesse die Szene verfolgten. Saba, der sich unerwartet mit schaulustiger Öffentlichkeit konfrontiert sah, schaltete um und mimte den Versöhnlichen. Er trat einen Schritt auf den Wütenden zu, breitete seine Arme aus, jesuslike.

»Laß uns in Frieden über alles sprechen!« bot er an. »Du siehst die Dinge nicht richtig, mein Freund.«

»Dazu brauche ich keinen Hirni wie dich! Ich sehe ganz klar, was geschehen ist. Du hast meiner Frau so lange deine Waber-Scheiße ins Hirn gegossen, bis du sie soweit gekriegt hast, diese idiotische Schenkung zu machen. Aber du hast dich getäuscht, mein Lieber, sauber getäuscht! Zum Glück gibt es Anwälte, und eine der besten betreut meine Fälle. Jede Mark werden wir dir aus deinem verrotteten Körper schneiden, das kannst du mir glauben!«

Er hielt plötzlich inne. »Wo sind die Kinder?« fragte er. »Meine Buben? Keine Sekunde lasse ich sie länger in diesem Saustall!«

Die Zaungäste hielten den Atem an. Bei solchen Duellen blieb in der Regel einer auf der Strecke. Saba machte nicht den Eindruck, als ob er freiwillig diese Rolle übernehmen wollte. Er reckte sich, um größer zu wirken.

»Jetzt ist es genug!« sagte er würdevoll. »Deine Beleidigungen langweilen mich zu Tode. Als Hausherr fordere ich dich auf, augenblicklich das Grundstück zu verlassen. Falls nicht, werde ich meine Leute bitten, dich dazu zu veranlassen.«

»Das versuch mal!« Wulfius stürzte sich abermals auf ihn. »Den Kragen drehe ich dir um, wenn du noch einen Ton sagst!« schrie er. »Du der Hausherr hier – daß ich nicht lache!«

Er hatte beide Hände um Sabas Hals und drückte ordentlich zu. Drei Männer waren notwendig, um ihn wegzuzerren. Mit Hilfe zweier weiterer gelang es ihnen, Wulfius zurück zum Gatter zu schleppen. Marc und Aurel, die das Ganze sehr aufregend fanden, liefen kreischend nebenher.

Er hatte keine Chance, sie in sein Auto zu laden. Wie eine Glucke nahm Rita sie unter ihre Fittiche.

»Ich mach dich kalt!« schrie Wulfius, schon im Benz. »Ich bringe dich um! Mit meinen eigenen Händen! Wie eine Laus werde ich dich zerdrücken!«

Mit dem Ausdruck tiefsten Abscheus drehte Rita sich um und ging, je einen Arm um ein Kind gelegt, sehr langsam in Richtung Haus. Nach ein paar Schritten wandte sie sich zurück. Ihr Gesicht war spitz und weiß.

»Das war das Ende«, sagte sie. »Du weißt, daß das das Ende war. Deine Kinder siehst du niemals wieder.«

Saba brauchte Stunden, um sich von diesem Zwischenfall zu erholen. In Wirklichkeit war es ihm selbst bis zum Abend nicht gelungen.

Es hatte ihn viel Mühe und Konzentration gekostet, die angekündigte Rückführungsarbeit am Nachmittag durchzuziehen. Die ganze Zeit über pochte ein bohrender Schmerz in seiner linken Schläfe, der, wie er genau wußte, nur darauf lauerte, sich wie ein Spinnennetz über seinen ganzen Schädel auszubreiten. Er bog den Rücken durch, ließ die Schulter sinken, aber nichts, rein gar nichts wollte helfen.

Halb betäubt vor Qual, flüchtete er sich schließlich in das holzgetäfelte Badezimmer des Anwesens. Er war entschlossen, sein rituelles Vollbad, das er am Ende jedes Tages zelebrierte, vorzuziehen. Vielleicht würde das heiße Wasser mit dem Kopfschmerz fertig werden.

Leider war Isis nicht dazu zu bewegen gewesen, mit ihm in

die Wanne zu steigen. Sie schützte ihre Tage vor, Arbeiten, die sie für das Camp zu erledigen habe; Ausreden, wie er seufzend erkannte. Saba beschloß, sich nicht zu ärgern, um sich nicht noch weiter zu verkrampfen. Immerhin war jemand so freundlich gewesen, ihm eine große dampfende Tasse Bergtee mit Pistazienhonig an den Wannenrand zu stellen; sein Lieblingsgesöff, wie er sich manchmal in launigen Anwandlungen bewußt vulgär ausdrückte.

Es war kurz vor einem Gewitter. Der Himmel dräuend lila, die Hitze draußen unerträglich. Schwalben im Sturzflug, Mücken in Höchstform.

Er lächelte. Nicht schlecht für sein Camp. Und sein Vorhaben. Wahrscheinlich würde sich alles in Kürze explosionsartig entladen. Er war ein Fan von reinigenden Eruptionen. Lohnte es sich überhaupt, Licht anzumachen? Er war zu faul, um sich noch einmal zu erheben und nach dem Schalter zu tasten. Wohlig ließ er die kleinen Wellen um sich glucksen und genoß die anregende Frische des Heublumenbades. Er glitt tiefer in die Wanne. Jetzt stand ihm das Wasser bis zu den Ohren. Er schloß die Augen und atmete gleichmäßig.

Ein Geräusch ließ ihn hochschrecken. Wahrscheinlich das Knarzen einer Türe.

Hatte der Sturm schon angefangen?

Kurz glitten seine Gedanken zu den Menschen in den windigen Tipis am Hang, dann kehrte sein grenzenloses Vertrauen in die unendlichen Kräfte des Universums zurück. Kein Grund zur Beunruhigung. Wenn es für ihn so gut sorgte, würde es auch die anderen in seiner Nähe nicht im Stich lassen.

Er hatte den blauen Badedelphin der Kinder entdeckt und ließ ihn munter auf seinen Schwanz zutreiben. Das Knattern der kleinen Seitenflossen war laut genug, um die leisen Schritte zu übertönen, die langsam näherkamen. Die Gestalt war dunkel gekleidet und trug ein Tuch vor dem Mund.

Immer wieder blieb sie stehen. Schließlich war sie am Waschtisch angelangt. Ergriff den länglichen Gegenstand, wog ihn prüfend in der Hand.

Jetzt war die dunkle Gestalt kaum mehr als einen Armbreit von der Wanne entfernt. Außer dem Tuckern des Wasserspielzeugs war nichts im Bad zu hören. Dann setzte ein leises, monotones Surren ein.

Das Ding läuft wohl im Leerlauf, dachte Saba noch, zu träge, um es abermals aufzuziehen. Ein letzter Moment des Zauderns, gefolgt von einer blitzschnellen Handbewegung.

Als der eingeschaltete Fön ins Wasser fiel, war er sofort tot. Stromschlag. Kein schönes Ende für einen Physiker.

Die Finsternis, die das ganze Haus einhüllte, war rabenschwarz. Ein paar spitze Schreie, hysterisches Lachen.

»Was zur Hölle ist denn hier los?« Das war Ritas Stimme.

»Die Sicherung ist durchgebrannt.«

Dann brach das Gewitter über Iffeldorf herein.

Ausgerechnet Marcus Winter mußte ihn finden. Als einer der wenigen einigermaßen technisch Begabten, hatte er sich bereit erklärt, nach der Ursache des Stromausfalls zu fahnden. Eine Kerze in der Hand, ging er langsam und aufmerksam durch alle Räume. Zum Bad kam er am Schluß.

Noch bevor er an der Wanne war, wußte er, daß etwas Schreckliches passiert sein mußte. Es war beängstigend still, und ein komisch-widerlicher Geruch lag in der Luft, der ihn sofort an verbrannten Gummi erinnerte.

Da lag einer, der sich nicht mehr rührte. Er hielt die Kerze näher an sein Gesicht.

Saba! Es war Saba.

Der Schreck fuhr ihm in die Knochen. Erst nach ein paar Augenblicken war er in der Lage, sich für die Umgebung zu interessieren. Die leergetrunkene Henkeltasse. Das kleine Badetier, das sich ziemlich unpassend im Schamhaar des Mannes verfangen hatte. Der pinkfarbene Fön auf dem Grund der Wanne. Ein vereinsamtes Schaumbällchen schwamm auf dem Wasser.

Er beugte sich über den leblosen Körper, aber er wußte, daß er keinen Hauch mehr spüren würde.

Mausetoter konnte man nicht sein.

Langsam verließ Marcus Winter den Raum und ging zu Rita.

»Was ist los?« fragte sie, augenblicklich beunruhigt, als sie seinen Gesichtsausdruck bemerkte. »Ist etwas passiert?«

Er nickte.

»Schlimm? *Sehr schlimm?*« Ihre Augen bettelten um ein Nein.

»Das kann man wohl sagen«, sagte er langsam. »Saba ist tot. Er liegt in der Badewanne. Mit einem Fön. Sag den anderen, daß sie nichts anfassen sollen. Ich rufe die Polizei an.«

»Ein Unfall?« Ihre Stimme war nicht viel mehr als ein Hauch.

Marcus zuckte die Schultern. »Weiß nicht«, sagte er. »Er hätte es doch wissen müssen, oder?«

Rita schlug die Hände vors Gesicht und begann zu schluchzen. »Das war kein Unfall! Ich weiß genau, wer es getan hat!« rief sie tränenerstickt. »Und warum. Es gibt eine Menge Zeugen dafür. Das war Wulfius. Er soll dafür büßen. O Gott, er soll mir dafür büßen!«

Sie war durch nichts und niemanden davon abzubringen. Quasi als Begrüßung schrie sie ihre Überzeugung den Beamten entgegen, die überraschend schnell zur Stelle waren.

Fast ein Wunder. Denn über der ganzen Region tobte ein Unwetter, und die freiwilligen Feuerwehren kamen kaum nach mit ihren unzähligen Einsätzen wegen entwurzelter Bäume und überfluteter Keller.

Nicht einmal einen Hund hätte man bei diesem Wetter ins Freie gejagt. Der kleine Wasserlauf am Rand des Grundstücks hatte sich in einen gurgelnden schlammigen Wildbach verwandelt, der weit über seine Ufer getreten war. Unten am See schlugen die Wellen über dem morschen Steg zusammen. Das ältere der beiden Ruderboote trieb irgendwo draußen, mit dem Bug nach unten.

Die Campteilnehmer drängten sich in Haus und Scheune zusammen. Die meisten bis auf die Haut durchnäßt, zitternd, verängstigt, fassungslos über das Geschehene. Viele weinten leise. Madra hatte alle zu Ruhe und tiefer Einkehr ermahnt.

»A Toter in der Wanne? Der Heilige selber? Dem hätt' i aa an Fön mitgeb'n!« Mit diesem Kommentar zeigten sich die Wachtmeister erstaunlich gut über das Camp und seine Aktivitäten informiert. Die Anrainer hatten ganze Arbeit geleistet.

Die beiden Polizisten bedachten das eingeregnete Völkchen in der merkwürdigen Aufmachung mit argwöhnischen Blikken. Manche klammerten sich an ihre imitierten Isiskreuze. Andere schienen lautlos zu beten.

Der jüngere von ihnen, Wachtmeister Schneider, begann automatisch zu schnuppern. Zu seinem Leidwesen hatte er heute den Hasch-Hund nicht dabei, den der Landkreis sich vor kurzem geleistet hatte. Sein älterer Kollege Hinterstoißer gab den Ton an.

Sie hatten bereits alles inspiziert. Das Bad mit dem Toten. Die Küche, wo die großen Bottiche mit Massenverpflegung standen. Den Wohnraum, der trotz seiner Großzügigkeit viel Ähnlichkeit mit einem überbelegten Sammellager besaß. Schließlich das Kinderzimmer, wo Ritas Buben und Tatjanas Kleiner schliefen. Sie waren vermutlich die einzigen im näheren Umkreis, deren Welt heil geblieben war.

Dann nahmen sie die Personalien auf. Zunächst die der geliebten Schar. Um die rund siebzig anderen würden sie sich anschließend kümmern.

»San des alle?« fragte Hinterstoißer lustlos. »Ham's net no zufällig a paar im Dorf unterbracht?«

»Vielleicht san ja no a paar im See, zum Schwimmen. Laß fei koan aus von dene«, zischte Schneider halblaut seinem Kollegen zu. »Des ist vielleicht a Bagage, des sag i dir! Verdächtig schaun die alle aus.«

Der andere murmelte Zustimmung.

Schneider setzte die Befragung fort. So hochdeutsch, wie er konnte.

»Wann haben Sie den Herrn Scheck-Gödel zum letzten Mal gesehen?« Er rümpfte die Nase. Offensichtlich besaß er nicht gerade ein Faible für Doppelnamen.

Mehrere aus dem engsten Kreis um den verblichenen Meister begannen gleichzeit zu reden.

»Net alle gleichzeitig bittschön! 's kommt jeder dran! Immer der Reih nach!«

Madra, Otera und Sarja verstummten widerwillig. Isis, die ganze Zeit stumm wie ein Fisch, saß mit rotgeweinten Augen daneben.

Er wandte sich wieder an Rita, die ihm in ihrem Leinenrock und der gestrickten Jacke am normalsten vorkam. »Frau von Rheinstahl?«

»Er ging ins Badezimmer, da muß es ungefähr halb acht gewesen sein«, sagte sie. Ihre Stimme zitterte leicht, aber sie hatte sich wieder einigermaßen gefaßt. Jede Form der Zusammenarbeit mit der Polizei war ihr recht. Ihr ging es vor allem darum, den Hauptverdächtigen so schnell wie möglich dingfest zu machen.

»Wissen's, ob der Fön da schon im Bad g'leg'n is? Oder hat den wer mitbracht?«

»Der gehört Marc«, sagte sie. »Meinem kleinen Sohn. Er hat ihn erst vor ein paar Wochen zu seinem sechsten Geburtstag geschenkt bekommen. Seitdem hängt er am Haken. Wir benutzen ihn praktisch jeden Tag.« Ihre Augen wurden wieder verdächtig feucht.

»Ist Ihnen etwas aufgefallen?« mischte sich Hinterstoißer

ein. »Irgend etwas Auffälliges? Vielleicht nur a Kleinigkeit? Was anders war als sonst?«

»Ich sage Ihnen doch, Sie sollten sich vor allem meinen Mann vornehmen! Ich habe Ihnen die häßliche Szene am Nachmittag ausführlich beschrieben. Ich kann es gern wiederholen. Erst hat er mich bedroht, dann Saba, ich meine, Herrn Scheck-Gödel. Sie können die anderen fragen. Er hat wörtlich gesagt, er würde ihn mit eigenen Händen erwürgen. Es gab jede Menge Augen- und Ohrenzeugen.«

Ihr Umfeld nickte eifrig.

»Haben Sie Ihren Mann nach vierzehn Uhr noch einmal auf dem Grundstück gesehen?«

Rita schüttelte den Kopf. »Aber das will ja nichts heißen«, erwiderte sie gereizt. »Wenn ich vorhätte, einen Mord zu begehen, würde ich auch nicht die Auffahrt benutzen, damit jeder mich kommen und gehen sieht.«

»Hat ihn sonst jemand gesehen?«

Die Polizisten befragten die anderen. Madra. Otera. Sarja. Pradhina. Isis. Oder besser gesagt Elisabeth Bauer, Ina Kolinski, Claudia Hart, Denise Pottmann und Regina Beauvais, wie sie im richtigen Leben hießen. Anschließend kamen noch Roberto, Indra Savanna, Gundula und Tatjana dran, die in ihren Personalausweisen ähnlich profane Namen stehen hatten.

Keiner von ihnen hatte Wulfius gesehen. Oder jemanden, der so ähnlich wie er ausgesehen hätte. Allerdings waren sie auch voll drin gewesen, mitten in ihrer *Befreiungsarbeit*. Da konnte einem schon mal etwas entgehen.

Hinterstoißer zuckte bei dem Wort zusammen. »Des nächste Mal hoaß i Pele«, murmelte er.

»Ja, da gibt's bloß oans«, seufzte sein Kollege. »So wia's ausschaut. Jedenfalls wie i die Sach sig. Den Bereitschaftsdienst in Bruck benachrichtigen. Der soll entscheiden, welches Kommissariat zuständig is.«

Der andere nickte. »Meiner Meinung nach kommt da nur a oanzigs in Betracht: K 111. Mordkommission.«

Sie gingen nach draußen, um ihre Durchsage an die Kollegen in Fürstenfeldbruck zu machen.

»Was soll nun werden?« fragte einer der Teilnehmer, der gerade die Küche betreten hatte. Als einziger hatte er den Mut besessen, in die Enklave einzudringen, wo die geliebte Schar sich von den anderen abgesondert hatte. Eisiges Schweigen empfing ihn.

»Ich meine, jetzt, wo Saba tot ist?« fügte er hinzu, bereits spürbar eingeschüchtert.

»Was heißt tot? Es hat Ihm gefallen, Seinen Körper in der bisherigen Form zu verlassen«, erwiderte Madra streng. Sie erhob sich. Schob ihren massigen Körper zwischen ihn und die Gruppe der Sitzenden.

»Es ist nichts als ein Wechsel zwischen unterschiedlichen Befindlichkeiten. Die Seele ist ewig. Das gilt erst recht für Meisterseelen. Sie kennen keinen Tod. Sie bedeuten Leben.«

»Das heißt, es geht alles weiter wie bisher?« Der Frager schien fassungslos. »Als wäre nichts geschehen?«

»Nichts geht weiter wie bisher«, korrigierte ihn Madra. »Alles ist ständig im Fluß. Wir wachsen weiter, jeder einzelne, und jeder, der zur Erleuchtung strebt, mit uns. Das ist Sabas ausdrücklicher Wunsch. Er hätte dir und uns nichts anderes gesagt.«

Isis sah sie an. Seit vielen Stunden machte sie zum ersten Mal ihren Mund auf.

»Woher willst du das wissen?« sagte sie heiser.

»Woher, verdammt noch mal, willst du das eigentlich so genau wissen?«

9

Erleuchtungstagebuch, Roberto
8. Mai

Schließlich bin ich auch ein Mann!

Großer Gott – wie ich diesen verordneten Tagebuch-Scheiß hasse! Ich mag nicht, ich mag nicht – ICH MAG NICHT!

Warum sitze ich dann hier, an diesem Schreibtisch, den abgekauten Filzer in der Hand? Das weiße Papier vor mir?

Weil ich nicht mehr weiter weiß. Ich versuche, ehrlich zu mir zu sein, einmal wenigstens. Wenn es mir auch schwer fällt.

Denn ich muß zugeben, daß ich krank vor Eifersucht bin. Daß ich sie haben will. Haben ***muß****, wenn ich nicht in baldigster Bälde vollkommen kirre werden will. Das Perverse daran ist, daß sie auch total scharf auf mich ist. Obwohl außer ein paar heißen Blicken und »zufälligen« Berührungen noch nichts gelaufen ist zwischen uns.*

Und wenn nicht? Wenn alles nur Show ist? Eine Fata Morgana meiner kerbelsuppengeschwächten Sinne?

Nein, verdammt noch mal, so was spüre ich, so was habe ich immer schnell mitgekriegt. So heilig bin ich noch nicht. Und werde es wahrscheinlich auch nicht werden, wie die Sache hier so aussieht.

Und was machen wir nun? Wie die Königskinder abwarten, daß das Wasser immer tiefer wird zwischen uns? Daß Papa seine Antennen ausfährt und mitbekommt, wie ungezogen die Kleinen im Hintergrund kratzen?

Wahrscheinlich würde Er mir den Schwanz abschneiden

oder die Eier, oder beides zusammen, wenn er was spitz bekäme. Traue ich Ihm ohne weiteres zu, so, wie Der zur Zeit drauf ist.

Meistermäßig beschissen, würde ich mal sagen.

Ich bin ihm ohnehin im Weg, als Hahn in zweiter Reihe. Der mag keine Konkurrenz. Schon gar nicht im eigenen Hennenstall. Erst recht nicht bei der Dame Seines Herzens.

Scheiße! Ich mag sie so gern, daß mir alles weh tut, wenn ich sie nur ansehe. Aber ich mache mir auch große Sorgen um die Kleine. Ihre schönen Haare erinnern mich immer öfter an geknickte Rabenflügel. Blaß ist sie (trotz Sommer) und so dünn geworden, daß überall die Knochen rausstehen. Beim Essen pickt sie nur wie ein Vögelchen. Wahrscheinlich hängt ihr dieses Grasgefresse ebenso zum Hals raus wie mir. Wenn das noch lange so weitergeht, hau ich mir demnächst in aller Öffentlichkeit ein T-Bone-Steak rein, und nicht mehr heimlich wie bisher, darauf kann Er sich verlassen!

Scheiß-Typ! Meine besten Jahre habe ich Ihm geopfert, wie man so schön sagt. Beinahe wie ein liebendes Weib. Warum die eigentlich so wild auf Ihn sind, möchte ich mal wissen. Muß an Seinem Gelaber liegen. Aussehensmäßig habe ich auf jeden Fall mehr zu bieten (sagt auch die Kleine – und wird rot dabei, echt süß!).

Meine besten Ideen auf jeden Fall. Sah anfangs noch vollkommen anders aus. Richtig opti. Wir beide zusammen und der dritte Kumpel, eine Art himmlisches Trio infernal sozusagen, das die Welt bewußtseinsmäßig aufmischen wollte. Saba mit seiner Physik, ich mit den glitzernden Steinchen und Dieter mit seiner feinen kleinen optischen Maschine.

Von dem hört und sieht man nichts mehr. Im Vergessen versunken. Oder rechtzeitig ins normale Leben abgeschwenkt.

Und was ist aus mir geworden?

Ein schlapper Mitläufer. Halbkastrat. Fest im zweiten Glied, wenn davon überhaupt noch die Rede sein kann. Einer, der Männchen macht und auf Befehl bitte und danke sagt. Alles schön übersichtlich. Alles zum Mitschreiben. Der gläserne Jünger. Keimfrei. Selbstreinigend.

Na ja, beinahe.

Das kleine Extra mit den Steinen hat Er bislang noch nicht bemerkt; schließlich muß ich auch sehen, wo ich bleibe. Er muß ja nicht alles wissen. Mischt sich sowieso überall ein.

Viel ist es ohnehin nicht. Ein winziger Tropfen, aber immerhin. Vielleicht ein Anfang. Kann sein, daß ich bald an diese stille Reserve gehen muß.

Wie soll ich mir sonst die Kleine unter den Arm klemmen und up and away? Junge Liebe braucht nicht viel, sagt man, aber schöner lebt sich's doch, wenn man weiß, daß das Geld auf dem Konto für Miete und Essen reicht.

Und nun? Keine Ahnung, wie ich weitermachen soll. Aber eins steht fest: Wenn mein Plan schiefgeht, bin ich verratzt.

Nächste Woche ist der große Vorsitzende zwei Tage nicht da. Auswärts, auf Menschenfischer-Fahrt, um neue geldige Jüngerinnen anzubaggern. Man darf gespannt sein – mal sehen, ob wirklich alles so hinhaut, wie Er sich das ausgemalt hat.

Dann schlägt unsere Stunde. Ich hoffe, daß die Kleine ihr Versprechen wahr macht und »zu krank« ist, um mitzufahren.

Da muß ich ran, um jeden Preis. Meine letzte Chance! Und sie muß die Karten auf den Tisch legen und sagen, ob sie es wirklich ernst mit mir meint.

Ohne Schmarrn: Wenn sie will, gehe ich mit ihr bis ans Ende der Welt (und weiter).

Die große Frage ist nur: Was machen wir mit Ihm? Freiwil-

lig wird Er nicht von der Bildfläche verschwinden. Wenn Er uns erwischt, ist die Hölle los.

Und dann?

Alternativen?

Große Göttin, steh mir bei (du kennst dich doch aus in solchen Sachen): Was machen wir bloß mit Ihm???

10

Eigentlich war sie alles andere als schusselig. In unregelmäßigen Abständen aber wurde Marina König von hämmernden Kopfschmerzen überfallen, und die waren vermutlich schuld daran, daß Sinas junge Anwaltsgehilfin vergessen hatte, den Anrufbeantworter der Kanzlei Bromberger/Dr. Teufel einzuschalten.

Deshalb kam Wulfius von Rheinstahl überhaupt durch. Er platzte mitten in ihre anberaumte Teambesprechung, für die sich alle den ganzen Montagmorgen freigehalten hatten.

Tilly, stets in fiebriger Bereitschaft, um potentielle Ausfälle ihres irischen Gatten wenn nicht zu verhindern, so doch wenigstens zu meistern, hatte schon beim zweiten Klingeln den Hörer in der Hand. Mit einer Geste scheinheiligen Märtyrertums reichte sie ihn an Sina weiter. Die taktlose Veilchen-Erwähnung von neulich hatte sie ihr noch immer nicht verziehen.

»Von Rheinstahl«, machte ihr Mund stumm dazu. Ein Goldfisch war nichts dagegen. »Klingt gar nicht gut.«

Das war gelinde untertrieben. Wulfius' Gesamtzustand war indiskutabel.

»Helfen Sie mir, Sina!« sagte er stockend. »Ich hab eine Riesendummheit begangen. Und jetzt ist dieser Molch auch noch tot.«

Strafrecht hat mich noch nie besonders heiß gemacht, war die erste Bemerkung, die ihr in den Sinn kam. Eine Gesellschaft müßte anders mit denen fertig werden, die ihre Gesetze brechen.

»Was ist denn los? Was ist passiert? Wer ist tot?« fragte sie statt dessen. Einigermaßen freundlich, wie sie hoffte.

Tilly, Marina, Anke, die Azubine, und vor allem Hanne hingen neugierig an ihren Lippen.

»Saba – im Ernst? Was Sie nicht sagen! Ist das nicht eher ein Grund zum Feiern für Sie?«

Ihr anfängliches Frozzeln verging rasch, als er weitersprach. »Im Ferienhaus? Ich weiß schon, Iffeldorf, Seegrundstück. Jenes, welches Rita kurzerhand den Erleuchteten geschenkt hat. Während des Himmelfahrt-Camps? Ach, du liebe Güte!«

Dann sagte sie gar nichts mehr. Außer »Hm, hm, ich sehe schon.« Und schließlich: »Wenigstens Nachmittag. Um halb vier? Das haben Sie gut gemacht. Da können wir noch zusammen überlegen. Warten Sie, ich schaue mal, ob ich auch Zeit habe.«

Sie angelte nach ihrem Terminkalender. »Ja, es geht«, sagte sie nach einem kurzen Blick. »Nein, Sie müssen nicht allein hingehen. Staatsanwaltschaft, Arnulfstraße. Ich kenne den Laden. Treffen wir uns zuvor auf einen Kaffee? Ich bin ohnehin in der Stadt.«

Jetzt brauchte sie unbedingt eine Zigarette. Immerhin die erste heute morgen, und es ging schon stark auf halb zehn.

»*Königshof*? Wenn's der Wahrheitsfindung dient! Was ich damit meine?« Sie lachte kurz. »Das war nur ein Zitat. Ein Namensvetter. Herr Fritz Teufel, falls Sie sich noch dunkel erinnern. Wiedersehen.«

Sie hängte ein. »Idiot!« sagte sie. »So ein verdammter Idiot!«

»Kann ich auch mal erfahren, was hier los ist?« Hanne platzte vor Neugier. Das war eine von Sinas Verhaltensweisen, die sie wie die Pest haßte. Informationen gemeinerweise zurückhalten. Unerträglich lange, wie sie fand. »Eigentlich ist er ja mein Mandant.«

»*Dein* Mandant«, erwiderte Sina, »hat in Anwesenheit von mindestens siebzig Menschen den Guru Saba beschimpft, gewürgt und gedroht, ihn kalt zu machen. Wie das Leben so spielt, ist der Gute ein paar Stunden später tatsächlich tot. Mit einem hübschen Fön in die Wanne gefallen. Exakt über diesen merkwürdigen Zufall möchten sich die netten Kollegen von der Staatsanwaltschaft mit Herrn von Rheinstahl unterhalten. Ausführlicher, wie ich mal annehme. Wahrscheinlich tappen sie im dunkeln. Sei beruhigt, ich gehe mit, Händchen halten. Für alle Fälle. Bist du jetzt vollständig befriedigt?«

»Gib mir auch eine«, sagte Hanne matt. »Meinst du, du haust ihn raus?«

»Da ist meiner Meinung nach nicht viel rauszuhauen«, antwortete Sina. »Oder glaubst du, daß einer wie er gezielt mit einem Fön um sich wirft? Ein unbeherrschter Kotzbrocken, ja. Das kann er sein. Die Klappe ganz weit aufreißen, Hazienda-Gehabe bis zum Erbrechen. Aber ein Mörder? Na also! Ich kann mir lebhaft vorstellen, daß dieser seltsame Heilige ihn ordentlich auf die Palme gebracht hat. Mich übrigens auch. Und sogar Freund Carlo hatte seine berühmten Dackelfalten im Gesicht. Was bekanntlich nichts Gutes verheißt.«

Sie öffnete das Fenster. Milde Mailuft drang in den Raum, fliedergeschwängert. Alle machten unwillkürlich lange Hälse. Ganz schön hart, wenn man bedachte, daß die Arbeitswoche gerade ein paar Stunden alt war.

»Ich finde trotzdem, daß dieser Mann etwas Brutales hat«, steuerte Tilly überflüssigerweise bei. »Im Blick. Im Gang. Ich weiß nicht genau. In seiner ganzen Ausstrahlung.«

Anke Frey warf ihr einen rotzfrechen Blick zu. »Da muß man schon richtig drauf stehen, auf das Brutale, meine ich, um das zu merken«, quäkte sie vorlaut. »Ich find ihn nur spießig. Mir hat er vor allem auf die Beine gekuckt. Ganz nach oben. Dorthin, wo sie anfangen. Bei mir lohnt sich das ja wenigstens. Im Gegensatz zu anderen.«

Tilly schnappte hörbar nach Luft. Begann sich aufzuplustern. Sina griff ein, um potentielle weitere Verschnupfungen im Keim zu ersticken.

»Was kein Wunder ist bei deinen waschlappenbreiten Minis.« Sie kannte die Kleine mit den Storchenbeinen schon aus dem Krabbelställchen. Beinahe ebenso gut wie deren Mutter, ihre alte Freundin Friedericke, das verrückte, tolle, versoffene Huhn, das immer wieder entsetzlich auf die Nase fiel. Sie liebte beide von ganzem Herzen. Obwohl beide unwahrscheinlich nerven konnten, Mutter wie Tochter. »Wahrscheinlich war sein gutes Herz gerührt, und er überlegte, ob er dir mit einer Stoffspende aushelfen soll.«

»Ich lach mich gleich tot.« Anke zog eine Schnute.

»Können wir vielleicht demnächst zur Tagesordnung zurückkommen?« schlug Hanne leicht bissig vor. »So ganz gelegentlich? Wenn ich mich recht erinnere, haben wir eine lange Liste von wichtigen Dingen, die dringend besprochen werden müssen. Also?«

«Ich geh frischen Kaffee holen«, bot Marina König an. »Wenn ich vorhin nicht gepennt hätte, wären wir jetzt schon ein Stück weiter.«

»Ach, denken Sie sich bloß nichts dabei«, sagte Sina ironisch. »Ich habe es schon kaum mehr ausgehalten vor Sehnsucht nach der Arnulfstraße. Die reizenden Herrn Staatsanwälte. Und ihre schicken, durchgestylten Amtsräume – erste Klasse!« Mit übertriebener Begeisterung schaute sie in die Runde. »Dort finden wir endlich die langgesuchten Anregungen für unsere Kanzlei-Renovierung!«

»Sina, bitte!« Hanne wurde ungeduldig.

»Ach, Hanne, sei nicht gleich so streng mit uns! Ein bißchen Spaß muß schon sein«, sagte sie. »Das braucht der Mensch. Und Menschen in Anwaltsberufen gleich dreimal. Man muß ohnehin höllisch aufpassen, daß es nicht jeden Tag weniger wird.«

Es war genauso fürchterlich, wie sie es in Erinnerung hatte. Die mürrische, verschwiemelte Wachtel am Eingang. Der reinste Mini-Zerberus. Dann düstere, grüngraue Flure, die fatal an das Innere von Gefängnisbauten erinnerten. Abgeschlagene Türen. Vergilbte Namensschildchen.

Das Übelste war der Geruch. Ein Gemisch aus Amtsmief, Langeweile, Überdruß und satter Überheblichkeit. Hier saßen die Hüter der staatlichen Rechtsordnung, durchdrungen von ihrem Bewußtsein, alles im Griff zu haben. München, Freistaat Bayern. Das kam erschwerend hinzu.

Die jüngeren, Sinas Generation und ein bißchen drüber, waren meist noch halbwegs zu ertragen. Sah man einmal von den alerten Scharfmachern ab, die es hier wie überall gab. Bestrebt, die innerjustiziale Karriereleiter im Sauseschritt zu nehmen.

Schlimmer waren die älteren. Viele von ihnen trugen ihr CSU-Sendungsbewußtsein wie eine leicht abgestandene Bierfahne vor sich her. Jeder, der es mit ihnen zu tun bekam, hatte das Vergnügen, davon eine ordentliche Portion abzukriegen. Sozusagen mit dem Spatenlöffel verabreicht.

Karl Sonner, der Staatsanwalt, der ihren Fall bearbeitete, gehörte zum Glück nicht zu dieser Gruppe. Er war um die vierzig, blond, schlank und besaß einen windigen Charme, den sein leicht räudiges Oberlippenbärtchen unterstrich.

Blonde Männer sollten keine Bärte tragen, dachte Sina und konzentrierte sich auf den anderen. Hauptkommissar Franz Hacker aus Fürstenfeldbruck. Ein Name, ein Programm, fiel ihr dazu ein.

Der kam ihr eindeutig als der Gefährlichere von beiden vor. Dunkel, braungebrannt, durchtrainiert, muskulös wie ein Boxer. Ehrgeizig durch und durch. Für einen typischen Wadelbeißer schien er ihr fast zu intelligent. Aber er hatte zumindest einen guten Schuß davon mitbekommen.

Besorgt äugte Sina über die Schulter zu Wulfius. Da war

noch eine ungelöste Sache zwischen ihnen, die ihr schon die ganze Zeit wie ein Stein im Magen lag. Aber obwohl sie ihm beinhart zugesetzt hatte, hatte er nicht nachgegeben. Stur wie ein Panzer!

Bislang hielt er sich nach ihren strikten Vorgaben ruhig im Hintergrund. Viel Platz stand seiner prächtigen, barocken Körperfülle dafür allerdings nicht zur Verfügung. Das Zimmerchen, in das sich außer den beiden Herrn, Sina und ihm nun auch noch eine dralle, junge Protokollführerin gezwängt hatte, war qualvoll eng. Heiß war es zudem, stickig.

Sie beschloß, ordentlich zu qualmen, um der unerträglichen Situation noch eins drauf zu setzen. Die träge Resignation, die einen hier zwischen verschrammtem Schreibtisch, Ikealampe und einem vergammelten Miro-Plakat überkommen konnte, sollte gleich mitverdampfen.

Sina setzte ihr Justizgesicht auf. Kühl, geschäftsmäßig, mit einer winzigen Spur unterschwelliger Aggressivität.

Wie nicht anders zu erwarten, hatten Sonner und Hacker den Tatort ausführlich inspiziert. Das heißt, sie waren zusammen mit zwei anderen Kommissaren, die Hacker unterstanden, im Seehaus gewesen. Und hatten mit Sicherheit auch die Campteilnehmer einzeln befragt.

Sie hatte für heute abend eine *session* bei Marcus gebucht. Eine gute Möglichkeit, um mehr herauszubekommen.

Da arbeiteten sie ganz modern im Dreierteam mit leitendem Kopf, aber redeten daher, als zitierten sie seitenweise aus einer angegrauten Vorschrift für leitende Justizangestellte! Sina stellte ihre Ohren auf Durchzug, als der Staatsanwalt begann, sein Sprüchlein herunterzuleiern.

»Da es sich nach unseren bisherigen Kenntnissen beim Tod des Ralph Maria Scheck-Gödel, auch bekannt unter dem Künstlernamen Saba vom Ersten Strahl, weder um einen Unfall noch um Freitod handeln dürfte und sich gewisse Anhaltspunkte ergeben haben, die auf Fremdverschulden hinweisen, haben wir Sie hierher gebeten, Herr von Rheinstahl, um Sie zu vernehmen.«

Beim Wort »vernehmen« hakte sie sofort ein.

»Wollen Sie meinen Mandanten als Zeugen oder Beschuldigten befragen, Herr Staatsanwalt? Im letzteren Fall müßte ich ihm dringend raten, von seinem Recht auf Aussageverweigerung Gebrauch zu machen.«

Der Blonde wand sich unbehaglich auf seinem Stuhl.

Auf so einem unbequemen Ding würde ich es keine halbe Stunde aushalten, dachte Sina. Kein Wunder, daß die alle so humorlos sind bei dieser Hintern- und Rückentraktur!

»Ich höre«, sagte sie knapp.

»Diese Frage kann zum jetzigen Zeitpunkt noch nicht eindeutig beantwortet werden, Frau Kollegin«, suchte er nach Ausflüchten, um sich nicht festlegen zu müssen. »Sie wissen das ebenso gut wie ich.«

Er schaute nach links zu Hacker, der unzufrieden zurückblinzelte. Dann wurde er etwas konkreter. Zumindest versuchte er sein Bestes. Sein Mund wurde spitz. Keine Spur mehr von Windhundcharme. Richtig fies sah er auf einmal aus.

»Aber es gibt doch einige Indizien, die darauf hinweisen, daß Ihr Mandant in diesen Todesfall auf eine Weise verwickelt sein könnte, die über den bloßen Status als Ehemann der Hauseigentümerin deutlich hinausgeht. Ist es nicht so?«

»Im übrigen geht Ihr Aussageverweigerungsrecht natürlich nur so weit, wie Sie sich selbst in Verdacht bringen könnten«, wandte sich Hacker direkt an Wulfius, bevor Sina sich äußern konnte.

Mittendrin schien er sich zu besinnen. Sein Ton bekam etwas Zutrauliches. »Warum wollen Sie denn nicht die Arbeit der Ermittlungsbehörden unterstützen, Herr von Rheinstahl, wenn Sie doch unschuldig sind?«

»Aber ich will ja Ihre Arbeit unterstützen«, protestierte Wulfius. »Auf jeden Fall. Und ich *bin* unschuldig.«

»Solange sich die Herren nicht exakt auf den Status Zeuge *oder* Beklagter festlegen wollen, muß ich meinem Mandanten raten, gar nichts zu Protokoll zu geben«, fuhr Sina ihm in die Parade. Ziemlich angesäuert. Da konnte er ruhig erschrocken dreinschauen.

Sie fand es ausgesprochen leidig, wenn Mandanten zuvor getroffene Absprachen nicht einhielten. Schließlich verpflichtete sie sie nicht ohne guten Grund auf eine bestimmte Marschrichtung. Sie kannte die Fußangeln, die bayerische Justizbeamte in der Regel auszulegen pflegten. Großer Einfallsreichtum zeichnete sie dabei meist nicht aus.

»Wieso bringen Sie dann eine Anwältin mit, wenn Sie unschuldig sind, Herr von Rheinstahl?« Jetzt versuchte Hacker es zur Abwechslung auf die aggressive Tour.

Mein Gott, dachte Sina. Also gut, unterste Schublade. Wenn ihr es wirklich so haben wollt!

»Noch nichts vom Recht jedes Bürgers gehört, Herr Hauptkommissar?« Ihr Ton war scharf, und sie lächelte süffisant dabei. Etwas, das die meisten Männer bei Frauen nicht besonders gut aushalten konnten.

»Haben Sie Saba umgebracht?« Jetzt wurde Hacker zudringlich.

Wulfius zuckte unwillkürlich zusammen. »Was reden Sie da! Natürlich nicht«, sagte er. Es klang allenfalls mittelmäßig überzeugend.

Zeit, um einen drastischen Schnitt zu machen. Sina Teufel funkelte den Staatsanwalt an. Diesmal richtig ärgerlich.

Sonner schien wenig Lust auf übermäßige Komplikationen zu haben. Zudem war er unter Zeitdruck. Sein verstohlener Blick zur Tennistasche unter dem Schreibtisch war ihr keineswegs entgangen. Der andere dagegen machte den Eindruck, als ob Stänkern zu seinen Lieblingsbeschäftigungen gehörte.

Sie nickte Wulfius aufmunternd zu und hoffte, er würde

sich ab jetzt an das halten, was sie ihm im *Königshof* so dringlich eingeschärft hatte.

»Um welche Uhrzeit haben Sie Herrn Scheck-Gödel zum letzten Mal gesehen, Herr von Rheinstahl?« fragte der Staatsanwalt. »Ich darf Sie um eine möglichst präzise Angabe bitten.«

»Das muß gegen zwei gewesen sein. Vierzehn Uhr, meine ich«, erwiderte der Gefragte.

»Und wo war das?«

»Zuerst in der Küche des Seehauses. Ich habe dort mit meiner Frau gesprochen, und er kam dazu. Anschließend sind wir nach draußen gegangen.«

»Gegangen?« wiederholte Hacker ironisch.

»Es ging nicht ganz sanft dabei zu«, räumte Wulfius ein.

»Ist es richtig, daß Sie ihn getreten, gestoßen und schließlich sogar gewürgt haben? Haben Sie ihn zudem verbal bedroht?«

»Was heißt hier bedroht!« schnaubte Wulfius. »Er hat mich vorsätzlich provoziert. Und mich in den Arm gebissen.«

Er rollte seinen Ärmel auf und hielt ihnen seinen nackten Arm anklagend entgegen. »Sie können die Abdrücke noch deutlich sehen! Und das, nachdem er sich auf unserem Grundstück als Hausherr aufgespielt hat – mir gegenüber, das müssen Sie sich mal vorstellen!«

Sina schüttelte stumm den Kopf. Er war einfach nicht belehrbar. Sie hatte Lust, aufzustehen und ihn allein mit den Beamten zu lassen. Natürlich blieb sie doch. Innerlich stöhnend.

»Und was ist dann passiert?« schaltete sich Sonner wieder ein.

»Ich habe mich in meinen Wagen gesetzt und bin weggefahren«, erwiderte Wulfius.

»Nach Hause?« fragte Hacker.

Jetzt kam unweigerlich das, was ihr schon die ganze Zeit Sorgen gemacht hatte.

»Nein.«

»Ich frage Sie: Wo waren Sie gegen neunzehn Uhr dreißig, Herr von Rheinstahl?«

Wulfius bekam etwas Fahriges. »Irgendwo. Ich weiß es nicht mehr genau. Ich bin einfach in der Gegend rumgefahren. Um wieder ruhiger zu werden.«

»Fünf Stunden und länger? Da wären Sie ja ohne Anstrengung bis nach Venedig gekommen.«

»Aber ich war nicht in Venedig.« Jetzt klang er wie ein bockiges Kind.

»Ich will Ihnen sagen, was Sie in der fraglichen Zeit gemacht haben«, übernahm Hacker. »Keine Spur von Spazierenfahren. Zurück zum See sind Sie statt dessen und haben sich versteckt, bis alle beschäftigt waren. Dann sind Sie heimlich ins Bad geschlichen. Dort haben Sie dem Opfer, als es wehrlos in der Wanne lag, den eingeschalteten Fön ins Badewasser geworfen. War Scheck-Gödel sofort tot?«

»Ich muß doch bitten!« protestierte Sina. »Das sind nichts als Vermutungen!«

Also doch ein Wadelbeißer! Und ein ziemlich übler noch dazu.

Hacker saß Wulfius von Rheinstahl beinahe auf dem Schoß, so nahe war er herangerückt. Er war derartig in Fahrt, daß er ein bißchen beim Reden spuckte.

»Ich war es nicht! Glauben Sie mir, ich bin nicht zurückgefahren!«

»Wo waren Sie dann?«

»Wie ich Ihnen bereits sagte.« Von Rheinstahl wirkte erhitzt und angeschlagen. Die Sache begann, ihm ernsthaft an die Nieren zu gehen. »Sie sind bei mir an der falschen Adresse, meine Herrn! Ich war es nicht – bei allem, was mir heilig ist! Es muß ein anderer gewesen sein!«

»Ganz was Neues«, spottete Hacker und klopfte sich belustigt auf die Schenkel. »Jetzt kommt sicherlich gleich die rührselige Story vom geheimnisvollen Unbekannten! Die mögen wir besonders gern. Die kennen wir bereits – zur Genüge.«

Seine Augen wurden schmal. »Sieht nicht gut aus für Sie, mein lieber Herr von Rheinstahl, so ganz ohne Alibi für die Tatzeit! Oder hat Sie zufällig irgend jemand gesehen, bei Ihrem ausgedehnten *Herumfahren*?«

Keine zehn Zentimeter trennten ihn mehr von Wulfius. Sie hätten beinahe ihre Nasen aneinanderreiben können.

Jetzt reichte es Sina. Sie konnte äußerst überzeugend wirken, wenn sie wütend wurde.

»Vielleicht gelingt es Ihnen doch, sich an zivilisierte Vernehmungsformen zu halten, Herr Hauptkommissar«, zischte sie. »Und meinen Mandanten zumindest nicht gleich physisch zu bedrängen.«

Hacker rückte ab, und Wulfius schien sich wieder einigermaßen zu fassen.

Das darf nicht wirklich dick kommen bei dem, dachte sie. Nicht einmal halbdick. Der hält nicht viel aus.

»Im übrigen habe ich den Eindruck, daß Ihre Phantasie mit Ihnen durchgeht. Ein Mann fällt mit einem Fön in die Wanne – und was, bitteschön, hat mein Mandant damit zu schaffen? Liegt der Obduktionsbericht überhaupt schon vor?« wandte sie sich an Sonner.

»Er liegt, er liegt! Wir haben ihn gerade reinbekommen. Tod durch Stromschlag. Das steht einwandfrei fest. Die chemischen Analysen dauern, wie Sie wissen, erheblich länger. Wer weiß, was wir nach ein paar Wochen noch an Überraschungen finden! Haben Sie Scheck-Gödel zusätzlich etwas verabreicht, Herr von Rheinstahl? Drogen? Oder Betäubungsmittel?«

»So nah stand mein Mandant dem Toten nun wieder nicht,

Herr Staatsanwalt«, schoß Sina zurück, »um das in Ruhe tun zu können.«

»Haben Sie nicht Pharmazie studiert, Herr von Rheinstahl?« mischte sich Hacker wieder ein.

»Nur ein paar Semester«, erwiderte Wulfius überrascht. Das mußten sie alles von Rita haben. Wahrscheinlich hatte sie nicht ein gutes Haar an ihm gelassen. »Dann starb mein Vater, und ich mußte mich um den Betrieb kümmern.«

»Pharmaerzeugnisse?«

Wulfius schüttelte den Kopf. »Medizinische Geräte. Alles ziemlich veraltet damals. War eine Menge Arbeit, das Schiff wieder einigermaßen flott zu bekommen.« Stolz klang aus seiner Stimme.

»Und heute?« fragte der Staatsanwalt. »Wie ist die Geschäftslage?«

»Mein Mandant lebt in geordneten Verhältnissen«, antwortete Sina für ihn. »Ist das alles, meine Herrn? Noch irgendwelche Fragen?«

Sonner schielte erneut in Richtung Tennistasche. Begehrlich, als würde er im nächsten Augenblick aus Vorfreude zu sabbern beginnen. Hacker rieb sich nachdenklich das Kinn. Eine Geste, die er wahrscheinlich lange einstudiert hatte.

»Wir haben ja noch nicht einmal richtig angefangen«, sagte er säuerlich. »Ich frage mich ernsthaft, ob nicht begründeter Verdacht auf Verdunklungsgefahr besteht. Das hieße mit anderen Worten: Untersuchungshaft.«

»Sie wissen genau, daß Sie damit nicht einmal über den ersten Haftprüfungstermin kämen«, versetzte Sina und griff nach ihrer Aktentasche. Wulfius japste schwer nach Luft. Er war sehr bleich geworden.

»Auf jeden Fall müssen wir Sie bitten, uns weiterhin für Fragen zur Verfügung zu stehen«, schaltete Staatsanwalt Sonner sich ein. »Sorgen Sie dafür, daß Sie jederzeit erreichbar sind!«

Dann wurde das Aussageprotokoll verlesen. Anfänglich hatte Wulfius noch einen schwachen Blick für die Schweißperlen, die sich auf dem entzückend gerundeten Kinn der Protokollantin angesammelt hatten. Zum Schluß stierte er nur noch zu Boden. Als er wieder aufsah, zuckte sein rechtes Lid.

»Jetzt müssen Sie noch unterschreiben«, sagte Hacker mit fettigem Unterton. »Hier, wenn ich bitten darf.«

Als sie draußen waren, lehnte Wulfius sich an die Wand. »Ich bin total fertig«, flüsterte er. »Ich brauche einen Schnaps, sonst kipp ich auf der Stelle um.«

»Alles, was Sie brauchen, ist frische Luft und ein dickes Pflaster auf Ihr Plappermäulchen.« Sina war nicht in der Stimmung für den Part der Krankenschwester. Ungerührt packte sie ihn am Arm und zog ihn zum Eingang. Draußen, vor der Türe, blieben sie stehen. Benzingestank. Lautes Hupen.

Die Arnulfstraße verstopft, soweit das Auge reichte. Kein Wunder, fast fünf Uhr. Berufsverkehr auf der einen und Biergarten-Welle auf der anderen Seite arbeiteten auf den Kollaps hin.

»Wenn Sie so weitermachen, haben Sonner und Hacker Sie beim nächsten Mal soweit, daß Sie wie ein Vögelchen zwitschern. Zuviel *Tatort* gesehen, was? Wo die Kommissare die Fälle immer in neunzig Minuten lösen können, weil die Beschuldigten im passenden Moment wie die Geisteskranken zu gestehen beginnen? Das ist nur, weil sonst die *Tagesthemen* Verspätung hätten!« Sie lachte heiser.

»Mensch, Wulfius, Sie müssen sich wirklich zusammenreißen! Das ist Kintopp – wir zwei dagegen, Sie und ich, sind gerade den Fängen der Staatsanwaltschaft entronnen, das ist pralles, echtes Leben!«

Reichlich verunsichert sah er sie an. Sollte er nur. Sie war noch nicht einmal ansatzweise auf Touren.

»Kommen Sie endlich runter von Ihrer ›Ich-bin-ja-so-grauenhaft-beleidigt-worden-Tour!‹ Ein Mensch ist unter rätselhaften Umständen zu Tode gekommen, und bis dato sind Sie der einzige Verdächtige, der den schlauen Herrn da drinnen unter die Nase gekommen ist. Was folgern Sie daraus?«

Er zuckte die Achseln. »Ich weiß nicht. Sagen *Sie* es mir.«

»Das versuche ich die ganze Zeit«, sagte sie streng. »Aber Sie scheinen mir überhaupt nicht zuzuhören. Und ich vergeude so schrecklich ungern meine Zeit. Die suchen einen Verdächtigen, Wulfius. Sind Sie an der Rolle wirklich interessiert? Na denn, viel Spaß! Wenn nicht, gibt es nur eins: Mund halten! Das ist die erste Regel. Sagen, was wir beide vereinbart haben. Nicht den Bubi spielen, der artig antwortet, wenn er gefragt wird.« Sie hielt kurz inne. Faßte ihn scharf ins Auge.

»Und dann will ich wissen, wo Sie zur Tatzeit gewesen sind.«

Er machte eine abwehrende Geste, aber sie redete einfach weiter.

»Wenn Sie es für sich behalten wollen, empfehle ich Ihnen dringend, sich schnellstens einen neuen Anwalt zu suchen. Ohne Vertrauen läuft nichts in dieser Sache.« Sie kam einen Schritt näher. Wurde leiser.

»Und keine krummen Touren, ja? Wenn Sie mich anlügen, brauchen Sie ebenfalls einen neuen Anwalt. Schlafen Sie darüber, und rufen Sie mich morgen an. Ich bin ab vierzehn Uhr in der Kanzlei erreichbar. Dann sehen wir weiter.«

Damit ließ sie ihn stehen.

Diesmal war es gleich von Anfang an anders.

Dabei waren die Umstände unverändert. Ihre Wohnung mittelordentlich aufgeräumt, wo sie im Gästezimmer den Futon als Massageliege vorbereitet hatte. Die Duftlampe, die für frisches Aroma sorgte. Mittlerweile hatte sie akzeptiert, daß sie ein Zederntyp war.

Taifun, extraschlaues Katertier, schien es noch vor ihr mitbekommen zu haben. Mit der demonstrativen Mißachtung, die er nur an den Tag legte, wenn ein neuer Bewerber um ihre Gunst auf dem Spielfeld erschien, verzog er sich augenblicklich.

Es knisterte, als sie sich die Hände reichten. Plötzlich war es nicht mehr so einfach, sich vor ihm auszuziehen. Sie trug ohnehin nicht besonders viel am Leib an diesem lauen Maiabend. Melonengelbe Seidenhose. Hemd im gleichen Ton, eine Farbe, die ihre Augen dunkler machte und ihre Haut schimmern ließ.

Schwüle über der Stadt. Der Sommer versprach, wunderschön zu werden. Falls man Zeit dazu hatte, dachte Sina seufzend. Im letzten Jahr war sie nur ein einziges Mal beim Baden gewesen.

»Tut es dir irgendwo weh?« Auch seine Stimme klang eine Spur belegter als sonst.

Sina schüttelte den Kopf.

»Nur der ganz normale Frust«, sagte sie. »Nichts besonderes. Lauter Zeug, das ich am Hals hab und in Windeseile optimal bewältigen muß. Nicht immer mit der allergrößten Lust, wie du dir vielleicht vorstellen kannst.«

Marcus lachte leise. »Wenn es weiter nichts ist«, sagte er.

Sie hatte den Moment der plötzlichen Scheu überwunden. Ganz rational, das half ihr manchmal in uneindeutigen Situationen. Schließlich war wirklich nichts dabei. Er war ihr Masseur, ein junger, gutaussehender, sehr sensibler Typ zwar – na und? –, der seine Arbeit verrichtete. Gut, wie sie fand. Und sie eine dumme, hysterische Kuh, die sich einsam fühlte, seitdem Harry wieder aufgetaucht war, und begonnen hatte, gezielt im alten Morast herumzuwühlen.

Gestern abend hatte sie doch glatt das Fotoalbum mit den Hochzeitsbildern herausgekramt. Venedig im Winter hatte es damals unbedingt sein müssen. Ganz in Weiß. Er im Frack. Gerade, weil niemand es in jenen Jahren so gemacht hatte.

Mist, warum kam ihr das jetzt schon wieder in den Sinn – gerade jetzt?

Sie spürte, wie Tränen in ihre Augen schossen.

»Nicht so fest«, murmelte sie erstickt. »Du tust mir weh.«

»Ich glaube eher, du tust dir weh«, erwiderte er sanft. Seine Hände glitten vom unteren Teil der Wirbelsäule weiter zu ihrem Gesäß.

Sie spürte seinen Handballen, der plötzlich auf ihrem Fleisch zu vibrieren begann. Die Stelle wurde warm, fing an zu pulsieren. Weit davon entfernt, Protest zu erheben, ließ sie ihn ihren ganzen Po auf diese Weise beleben. Wärme stieg auf, kroch in ihren Rücken, dann weiter nach unten in die Beine. Sie hatte das Gefühl, aus tiefem Schlaf zu erwachen.

»Das machst du gut«, sagte sie leise. »Das tut wohl.«

»Das ist nicht das einzige, was ich kann«, erwiderte er. »Bei weitem nicht. Ein bißchen Mut brauchst du allerdings schon dazu. Für die anderen Sachen, meine ich.«

Sie atmete flacher. Sie war nicht sicher, ob sie es wollte. Nein, eigentlich wollte sie es nicht.

»Was willst du damit sagen?« fragte sie schließlich.

Seine Hände umschlossen ihre Füße. Dann ruhte seine Hand in ihrer Fußwölbung. Geschützt und geborgen fühlte sie sich. Vollkommen sicher, aufgehoben.

»Ich glaube, du weißt es«, sagte er. »Du weißt es ganz gut.«

Die Funken schlugen hoch in der langen Pause, die seinen Worten folgte.

»Es ist noch ein wenig früh«, sagte Sina. Und ärgerte sich im gleichen Augenblick darüber. Jetzt fühlte sie sich wieder zu einer Erklärung verpflichtet. Was sie haßte. Sie versuchte es trotzdem.

Äußerst stümperhaft, wie sie fand.

»Ich bin so etwas wie ein gebranntes Kind, Marcus, dem gerade wieder das alte Angebrannte in die Nase steigt.« Sie schluckte.

»Ich hatte gehofft, es nie wieder riechen zu müssen.«

»Es ist ganz deine Entscheidung«, sagte er und klang zu ihrer Erleichterung kein bißchen sauer. »Aber paß auf, daß du nicht zu lange lüftest. Ich weiß, daß manche Menschen verdammt empfindlich auf Zugluft reagieren können.«

Dann küßte er sie.

Es war noch schöner zu schmelzen, als sie sich vorgestellt hatte.

»Und was fangen wir jetzt mit dem angebrochenen Abend an?« fragte er danach.

»Ich würde es in diesem Fall am liebsten mit Pavarotti halten«, lächelte Sina. »Kennst du die Aufnahme von den Caracalla-Thermen? Das Tenor-Staraufgebot? Ziemlich gegen Schluß, wo es am allerschönsten ist?«

»Ich muß dich warnen.« Er zog ein ernstes Gesicht. »Mit mir hast du dir einen waschechten Kultur-Banausen eingefangen. Großes Sorry!«

»Du bist doch Schweizer«, sagte Sina. »Oder nicht?«

»Was hat das denn damit zu tun?« Er sah richtig verwirrt aus. »Nur zur Hälfte übrigens. Genügt das auch?«

»Wir wollen es ausnahmsweise gelten lassen. Aber Italienisch wirst du ja auch so können.« Ihr Ton klang kategorisch.

»Tue ich«, versicherte er. »Tue ich. Leidlich wenigstens. Aber ich verstehe noch immer nicht...«

»Na also. Ich wußte es.«

Sie lächelte und berührte seine Wange. *»Da capo«*, verstehst du? *Da capo*, aber gefälligst *avanti!«*

11

Erleuchtungstagebuch, Indra S.
9. Mai

*Ich **kann** heilen, ich weiß es ganz genau!*

Auch wenn die anderen immer wieder versuchen, mich zu verunsichern. Ich bin die Heilerin, ich!

Es fließt aus meinen Händen, es strömt und macht die Menschen wieder gesund. Dazu brauche ich keine Scheine, keine Papiere, keine Bestätigungen. Weder Zeugnisse noch Diplome.

Nur mich. Das ist genug. Genug!!!

*Zum ersten Mal in meinem Leben fühle ich mich sicher und frei. Ich **kann** heilen, und ich **werde** heilen! Auch wenn Er sagt, daß ich es nicht mehr darf.*

Was weiß Er schon! Er!

Er redet ständig von Seiner seltsamen Physik der Erleuchtung. *Von Seiner* Mathematik des inneren Seins. *Alles Worte, die ich nicht verstehe.*

Aber ich bin nicht die einzige. Ich habe die Gesichter der Menschen studiert, die zu Seinen readings *kommen. Da kann mir niemand etwas vormachen. Die schwimmen auch. Mindestens ebenso wie ich. Eher mehr, würde ich mal unterstellen.*

In Gesichtern kenne ich mich aus. Schließlich bin ich früher selbst Schauspielerin gewesen und habe meine Haut zu Markte getragen, bis sie nicht mehr makellos genug war, um zu gefallen. Das war, bevor ich mein eigentliches Talent entdeckt habe.

Heilen kann ich auch noch, wenn ich alt bin.

Obwohl ich manchmal ganz schön Angst davor habe, immer älter und älter zu werden. Da nützt es auch nicht besonders viel, wenn ich meine geschlossenen Strahlenkränze unter dem Kirlian-Apparat betrachte. Besser könnte es nicht sein. Aber was heißt das schon?

Schließlich weiß ich ja, wie es gemacht wird.

Das darf Er nie erfahren. Nicht in zehntausend Jahren!

Er hat sich schon grün und blau darüber geärgert, daß seine Kreise nicht so perfekt aussehen wie meine. Dabei ist es popeleinfach. Der reinste Furz.

Ordentlich die Fingerkuppen aneinanderklopfen, ruhig ein paar Minuten lang. Aber kräftig.

Das ist alles. Das ganze Geheimnis.

Dann ist das Ergebnis optimal. Hat nicht viel mit Erleuchtung zu tun und so. Eher mit gesunder Durchblutung. Mit den Zehen ist es nicht ganz so einfach. Aber mit einer ordentlichen Gummi-Noppen-Mappe ist es auch kein wirkliches Problem.

Lange habe ich es nur im Verborgenen geübt. Bis ich mir eines Tages ein Herz gefaßt habe und herausgetreten bin aus dem Schatten der Verborgenheit – das klingt gut, wirklich gut!

Vielleicht sollte ich nicht nur heilen, sondern auch schreiben. Meine Botschaft auf hübsch gedruckten Seiten an die Menschheit weitergeben, zum Nutzen aller?

Das würde Er allerdings niemals zulassen.

Nicht, bevor Sein Buch erschienen ist. Und das kann noch dauern.

Dabei hat mir der blonde Agent beim letzten Mal so freundlich zugelächelt. Ich hab's genau gemerkt, obwohl ich mir nach außen nichts hab anmerken lassen. Der wäre der Richtige für mich. Als Förderer. Als Mann. Als spiritueller Freund.

Sicherlich ein paar Jahre jünger als ich, aber das spielt heute keine Rolle mehr.

Das nicht.

Ich glaube, der steht im Grunde auf Frauen wie mich. Sensitiv, aber nicht zu laut. Einfühlsam, aber nicht intellektuell. Selbständig, aber anschmiegsam. Die ihn ganz Mann sein lassen. Und selbst ganz Frau sind.

Wir wären das ideale Paar.

Was soll das Geizeln? Ich werde mir doch die neue Anti-Falten-Creme kaufen, die teure, die ich neulich in der Innenstadt gesehen habe. Schließlich kann es nichts schaden, schön und *gut zu sein.*

Wenn man weiß, wozu.

Ach, Mensch, der Blonde mit der niedlichen Brille! Ich weiß genau, daß er mich mag. Und ich habe ihm auch gefallen.

Sicherlich würde er mir auch beim Formulieren helfen. Oder bei der Rechtschreibung, wenn die Buchstaben so durcheinanderpurzeln wie meine Gedanken, die sich meistens auch nicht in eine geordnete Reihenfolge bringen lassen wollen.

Das könnte alles er machen. Da hätte ich kein Problem mit.

Aber vorne, auf dem bunten Umschlag, müßten wir beide stehen. Ich zuerst. Dann er. Utz von Merbold. Weil es ja meine Ideen wären, die er zu Papier bringt.

Ich spinne ja ganz schön heute abend! Aber ich spüre wieder mein seltsames Prickeln im Bauch. Das kenne ich, und das verheißt immer etwas Gutes!

Ich kann frei sein, bekannt, berühmt vielleicht – vorausgesetzt, Er läßt mich gehen...

Niemals wird Er das zulassen. Auch wenn Er mich nach innen nur noch fesselt und knebelt. Nach außen bin ich Seine Indra S., Sein blonder Engel.

Es würde Ihm auch schwerfallen, eine ähnlich Bekloppte zu finden, die für (mieses) Essen und Unterkunft von früh bis spät den Kirlian-Apparat bedient.

Wenn das meine Praxis wäre, ja dann! Mein Name an der Türe. Mein Ruhm. Aber so?

Manchmal wäre ich am liebsten tot.

Und dann stelle ich mir wieder vor, Er wäre es. Alle Probleme gelöst. Auf einen Schlag.

Utz von Merbold.

Morgen rufe ich ihn an.

Kann mir doch nichts passieren, oder?

12

Harry und seine Einfälle. Es war beinahe wie früher. Zum Junge-Hunde-Kriegen.

Ein großer Blumenstrauß vor der Türe, ganz in Weiß, ihrer Lieblingsfarbe. Nächster Tag, gleiche Stelle: ein schlichter Sechser-Karton *Veuve Cliquot.* Als Krönung schließlich ein kleines Aquarell, das Häuser in Marokko zeigte. Viel Weiß und Blau. Ein paar Spritzer Zitronengelb. Ein bißchen Federrot. Man bekam augenblicklich Lust auf Sonne und Urlaub.

»Wird noch was aus der jungen Frau, die das gemalt hat. Da bin ich mir ganz sicher. Du weißt, ich hab einen Riecher für so was«, stand auf seinem beigelegten Begleitschreiben. Seine Suff-Ausfälle von neulich taten ihm also leid. Sina jedoch war nicht willens, sich auch nur ansatzweise erweichen zu lassen.

Nicht so. Nicht auf diese Tour.

»Ich weiß gar nicht, warum du immer so häßlich zu ihm sein mußt«, zog Carlo sie auf, als sie ihm von Harrys unübersehbar dezent plazierten Annäherungsgeschenken erzählt hatte.

»Häßlich nennst du das?« Beinahe hätte sie sich an ihrer Olive verschluckt.

»Du siehst doch, was dieser Mann aus dir macht! Säßen wir sonst ausgerechnet *hier?«*

Carlo van Rees warf einen amüsierten Blick auf die unglaublich geschmacklose Ausstattung. Sie waren im *Sahara-City,* einem Orient-Lokal, situiert an der absoluten Demarkationslinie zu BMW-Town. Von da ab war der ganze Stadtteil fest in der Hand des allgegenwärtigen Auto-Produzenten.

Kupfergeschmiedetes bis zum Abwinken, wo immer sich ein Haken hatte einschlagen lassen. Die Tische rettungslos mit Nippes überladen. Den Vogel schoß allerdings das Wandgemälde ab. Der Suezkanal in Cinemascopeformat.

»Deshalb also hast du mich in dein komisches Milbertshofen geschleppt«, sagte er. »Nichts als pure Vergangenheitsbewältigung. Niedere, egoistische Motive, ich muß schon sagen! Und ich hatte gedacht, eine junge Frau wollte einem reiferen Mann mal was richtig Tolles bieten.«

»Wenn du auf den Bauchtanz anspielst, der ist erst später dran«, erwiderte sie. »Du kommst schon auf deine Kosten, das verspreche ich dir.« Sie wurde ernst.

»Wenn ich damals, im tiefsten Tal unserer Trennungsphase, nicht Martin getroffen hätte und nicht von heute auf morgen aus der ehelichen Wohnung in seine WG hätte fliehen können, ich hätte es schlichtweg nicht überlebt. Auf dich also, mein häßliches altes Milbertshofen!«

Sie prostete Carlo mit kühlem Rosé zu. »Auf dich auch!«

»Nicht unbedingt ein Grund, unser monatliches Testessen in dieses düstere Revier zwangszuverlegen«, stänkerte er grinsend weiter. »Was will er eigentlich von dir, dein komischer Ex-Harry?«

»Wenn ich das wüßte«, erwiderte sie nachdenklich. »Entweder es geht ihm so mies, daß er einen Platz zum Unterkriechen sucht, weil er nicht mehr weiterweiß. Dazu würde das schlecht durchgehaltene Lügenmärchen vom Trockensein passen. Oder aber er bastelt aus mir unbekannten Gründen an einer retrospektiven Geschichtsklitterung. Nach dem Motto: Mein kleines Frauchen und ich – was für dufte Kumpels wir doch eigentlich sind.«

Ihr Ton war heftig geworden. Carlo legte ihr sanft die Hand auf den Arm.

»Geht noch immer ziemlich tief«, stellte er fest. »Muß ja damals ein gewaltiger Erdrutsch für dich gewesen sein.«

Sie nickte. »So ungefähr das Ende der Welt. Und all meiner rosaroten Jugendträume dazu. Ich war geradezu krankhaft naiv damals. So was gibt's gar nicht mehr. Nicht einmal ausgestopft. Und weißt du, was mir am meisten dabei stinkt?« sagte sie und griff zur Karte.

»Daß ich noch heute mit diesen schlecht verheilten Narben leben muß. Ein kleiner Wetterumschwung, ein winziges Tief im Anzug – und schon tut alles wieder scheußlich weh. Scheiß-Männer! Wärt ihr nur auf eurem eigenen Planeten geblieben, dort, wo ihr herstammt! Wie schön könnte das Leben ohne euch sein!«

»Darauf trinken wir! Und auf die blöde, total veraltete Liebe – trotz allem! Was meinst du, wollen wir heute mal so richtig prassen?« Seine Augen strahlten stiefmütterchenblau.

»Unbedingt!« forderte sie.

Sie bestellten *Mäsä*, den gemischten Vorspeisenteller, mit dem man eine mittlere Großfamilie spielend hätte sättigen können. Er schmeckte zu überzeugend, um auch nur ein Fitzelchen davon übrig zu lassen.

»O nein!« rief Carlo entzückt und vertilgte in Rekordzeit Petersiliensalat, Falafel, Auberginenmus, Hummus mit Tahina. »Es gibt sogar Spinatstrudel! Der reinste Wahnsinn: Spi-nat-stru-del!«

Sie hatten stilecht auf Messer und Gabel verzichtet und arbeiteten mit Pitabrot, das sie zu kleinen Schäufelchen umfunktioniert hatten. Hände und Mund klebten, daß es eine Freude war.

»Wie ist er überhaupt, dein Neuer?« fragte er später. Da saßen sie schon über Couscous mit Lamm, milder Hirsegrieß, dessen Sauce geschmacklich alle Freuden Arabiens verhieß.

»Deinem alten Carlo kannst du doch keinen Sand in die Augen streuen! Hast du vergessen, daß du deine Tafel mit einem gerissenen alten Wüstenfuchs teilst?«

»Das geht dich gar nichts an«, sagte Sina. »Reinste Privatsache. Nicht einmal Taifun habe ich um Erlaubnis gefragt, stell dir vor!«

»Nicht ganz, würde ich sagen, nicht ganz! Ein gewisses, quasi pseudoväterliches Interesse wirst du mir zumindest nicht absprechen wollen.« Carlo legte eine kleine Kunstpause ein; zuvor schob er allerdings den Teller weit von sich.

»Ein einziger Bissen mehr, und ich platze augenblicklich – superb! Wirklich superb!«

Dann erst war er bereit, ihre Neugierde zu stillen. »Er hat heute bei mir angerufen, dein smarter Jung-Schweizer«, sagte er. »Es scheint ein paar Probleme zu geben. Erinnerst du dich noch? Das junge dunkle Mädchen zu Sabas Füßen, so blaß und elegisch, als sei Schneewittchen nach einer Lebensmittelvergiftung aus dem Glassarg gekrochen?«

»Was ist mit ihr?« fragte Sina gespannt. Sie zog an ihrer Zigarette.

»Das ist noch nicht ganz raus. Auf jeden Fall ist sie heute morgen wie eine Erscheinung im *Institut für Körperbewußtsein* aufgetaucht. In bedenklichem Zustand. Zu ihrem komischen Erleuchtungs-Verein will sie unter keinen Umständen mehr zurück. Deinen Marcus Winter scheint sie irgendwoher zu kennen. Deshalb hat sie sich auf ihn besonnen.«

»Natürlich, er hat am Camp teilgenommen,« sagte Sina einsilbig.

Der Abend in ihrer Wohnung fiel ihr ein. Zum Ausfragen, wie eigentlich geplant, war sie nicht mehr gekommen. Zuerst wenigstens. Und dann, als sie auf einmal doch nicht wollte, daß er über Nacht blieb, war Marcus sehr schnell gegangen. Nicht verärgert, aber konsequent.

Sie seufzte. Sie würde einen neuerlichen Ansatz finden müssen. »Und wieso ausgerechnet du?«

»Nun«, er hielt genießerisch inne. »Falls es deiner geschätzten Aufmerksamkeit entgangen sein sollte, in manchen Kreisen genieße ich eine durchaus nicht unbeträchtliche Reputation. Als Therapeut, meine ich. Man wendet sich eben an van Rees, wenn man überhaupt nicht mehr weiter weiß.«

Sein Grinsen erlosch. »In Wahrheit hat meine kluge alte Freundin Divina, die Leiterin des Instituts, Marcus auf mich gehetzt, als das Mädchen bei ihnen in der Türe stand. Isis, wie sie sich nennt, muß vollständig verstört sein. Kaum ansprechbar. Verwirrt und verängstigt. Für heute haben sie sie erst einmal unter ihre Fittiche genommen. Ins Bett gepackt, mit einem leichten Beruhigungsmittel. Ich sehe sie mir morgen mal an.«

»Seltsam«, murmelte Sina. »Ganz schön seltsam. Gerade jetzt. Ob das ein Zufall ist? Ich glaube, der Heilige ist noch nicht einmal eine Woche unter der Erde.«

Sie schaute durch ihn durch, als sei ihr gerade etwas ungemein Spannendes eingefallen. »Meinst du, ihr miserabler Zustand hat etwas mit Sabas Tod zu tun? Trauer womöglich? Vielleicht ist sie vollkommen außer sich vor Schmerz. Sie schien ihm doch sehr nahe gestanden zu haben.«

»Keine Ahnung, meine Schöne. Aber ich glaube, du kannst recht haben, die beiden waren ein Paar. Ich habe auf jeden Fall so etwas munkeln gehört. Was noch nicht allzuviel heißt. Sorge dich nicht, wenn du es für bedeutsam hältst, werden wir es auf jeden Fall herausfinden. Großes Wüstenfuchs-Versprechen! Gilt bei so alten Kerlen wie mir übrigens doppelt.«

Er strahlte sie an. »Was hältst du von einem klitzekleinen Nachtisch? Noch vor dem Mocca mit Kardamom, auf den du mich schon den ganzen Abend lang so spitz gemacht hast?«

»Ich denke, du platzt gleich?«

»Das ist die reinste Nächstenliebe«, protestierte Carlo. »Ich kann es eben nicht leiden, wenn man dich kaum noch von einer ausgemergelten Kanalkatze unterscheiden kann.«

Seine Stimme glitt ins Spöttisch-Anteilnehmende. »Kann

er denn wirklich *überhaupt* nicht kochen, dein kleiner Schweizer? Oder kommt ihr beide nur nicht dazu – bei all dem Streß?«

»Du bist wirklich schlimmer als Attila, die Geißel Gottes«, sagte sie und mußte wider Willen lachen. »Viel, viel schlimmer.«

Als Sina am nächsten Mittag bei Carlo klingelte, war er gleich selbst an der Türe. Er mußte im Laufschritt durch die geräumige Altbauwohnung geeilt sein, die direkt am Hohenzollernplatz lag. Sieben helle, große Zimmer, von denen er drei als Praxisräume nutzte. Im hinteren Trakt wohnte er. Alleine, seit dem Tod seiner Frau Mareille vor mehr als zehn Jahren.

»Laß dir einen triftigen Grund einfallen, mich mitten in meinem Arbeitstag herzubeordern«, sagte sie statt einer Begrüßung. »Meine Mandantschaft war ganz schön verschnupft, daß ich sie schnöde bei dem undurchsichtigen Bauträger hab sitzenlassen. Sieht nach einem zähen Nachmittag aus. Ich muß so schnell wie möglich wieder zurück.«

»Danke, daß du trotzdem gekommen bist!« erwiderte Carlo. »Isis liegt im kleinen Therapieraum.«

»Liegt?«

Er nickte und nahm ihr die Aktentasche ab. »Sie konnte sich kaum mehr auf den Beinen halten. Totaler Zusammenbruch. Eigentlich müßte ich sie ins Krankenhaus bringen. Aber allein der Gedanke scheint sie noch mehr aufzuregen. ›Kein Krankenhaus!‹ ist beinahe alles, was sie herausbringt. Und ›Keine Polizei!‹, was auch immer das bedeuten mag.«

Er runzelte seine hohe Stirn. Seit seinen frühen Dreißigern hatte er ausreichend Zeit gehabt, sich an deren stetiges Vorrücken zu gewöhnen.

»Gefällt mir alles gar nicht. Sie reagiert wie unter Schock. Wenn ich sie einliefern lasse, dann wäre die nächste Station unweigerlich die Psychiatrie. Und dort: vollpumpen mit Sedativa bis zur Halskrause. Das will ich ihr nach Möglichkeit ersparen. Ich will mal sehen, ob ich mit ihr arbeiten kann, wenn sie sich etwas beruhigt hat.«

Sina hatte einen raschen Blick auf die Schlafende geworfen. »Sie erinnert mich an einen kleinen hungrigen Vogel, der aus dem Nest gefallen ist«, sagte sie. »So daß man Mitleid mit ihr bekommen kann. Wie alt sie wohl sein mag? Unter der Decke könnte man sie für ein kleines Mädchen halten.«

»Das ist einer der Gründe, warum ich dich herbestellt habe«, sagte er. »Das ›Nest‹, wie du so schön gesagt hast, scheint übermäßige Sehnsucht nach dem fehlenden Küken zu haben. Allerdings äußert sich die auf eine befremdliche Weise. Daß Isis in Divinas Institut war, haben sie irgendwie herausbekommen. Eine knappe Stunde später waren sie schon im Pulk da, um sie wieder mitzunehmen. Es muß eine unschöne Szene gegeben haben, als sie festgestellt haben, daß das Vögelchen erneut ausgeflogen war. Seitdem veranstalten sie einen regelrechten Telefonterror. Divina hat mich gleich informiert. Es scheint sogar so etwas wie einen Wachposten zu geben, der sich gegenüber vom Institut postiert hat und den Eingang nicht aus den Augen läßt. *Strange*, findest du nicht?«

»Das kann man wohl sagen!« versicherte Sina. »Was, meinst du, hat das zu bedeuten?«

»Wird sich noch zeigen«, sagte er. »Ich denke, es ist auf jeden Fall besser, wenn die ›Erleuchteten‹ nicht erfahren, daß sie bei mir ist. Auf Gruppendruck reagiere ich sehr allergisch. Und äußerst mißtrauisch. Ich kann ihn von weitem wittern. Meine feine Nase verrät mir, daß hier ganz ungeniert damit gearbeitet wird.«

»Zurück will sie also nicht mehr. Aber wo soll sie deiner Meinung nach hin?« fragte Sina. »Hat sie eine andere Wohnung? Freunde? Eltern oder Geschwister, die sie für eine Zeit aufnehmen könnten?«

»Da scheint nichts zu sein. Jedenfalls nichts, mit dem sie rausrücken würde. Schau mal, das ist alles, was sie bei sich hatte.«

Er deutete auf einen schwarzen Lederrucksack, leicht gebeult, der relativ neu aussah. »Ich wollte dich bitten, mal für mich reinzusehen, sozusagen als Amtsperson, ob wir vielleicht irgendwelche Anhaltspunkte finden.«

»Einigen wir uns darauf, daß wir lediglich nach ihrer Police für die Krankenversicherung Ausschau halten«, schlug Sina vor, nachdem sie sich auf den weichen Wollteppich gekniet hatte. Ihr enger karmesinroter Rock, zu dem sie eine kurze schwarze Bluse mit frechem Rückenausschnitt trug, erleichterte das Vorhaben nicht unbedingt.

»Damit wir klarkommen, was weiter mit ihr geschehen soll. Damit könnte ich leben. Schnüffeln und in anderer Leute Sachen herumstöbern liegt mir nicht. Berufsehre und so. Du weißt schon.«

»Meinst du, *mir* vielleicht?« ließ Carlo vernehmen.

»Und warum, bitteschön, hast du dann keinen anständigen Beruf gelernt, anstatt Therapeut zu werden?« gab sie zurück. »Ihr macht doch den lieben langen Tag nichts anderes – oder sehe ich das vielleicht falsch?«

Sie förderte ein bißchen Unterwäsche ans Licht, ein paar T-Shirts, alle weiß, zwei ebenfalls weiße lange Baumwollhosen. Einen vielgetragenen griechischen Schafwollpulli. Einen kleinen Kulturbeutel, vollgepackt mit einfacher Kosmetik und erschreckend vielen Tablettenröhrchen. Tampons. Eine bemalte Blechschatulle, aus der schrottiger Indienschmuck quoll. Eine der billigen, stoffbezogenen Chinahefte, wie sie gern als Tagebuch verwendet werden.

Ganz unten am Boden entdeckte sie einen dicken braunen Umschlag. Sie leerte ihn auf dem Teppich aus und versuchte, Ordnung in das Chaos zu bringen. Carlo half ihr beim Sortieren.

»Alles vollkommen durcheinander«, murmelte sie. »Sieht aus, als hätte sie in höchster Eile zusammengerafft, was sie kriegen konnte. Was haben wir denn hier?«

Sie hielt einen Packen Zeugnisse in der Hand. »Realschule, erste, zweite und sechste Klasse. Musischer Zweig. Trier. Ein Zeugnis von der Ärztekammer, datiert auf 1988. Arzthelferin hat sie gelernt, bei einer Saarbrückener Gynäkologin. Und die Geburtsurkunde. Geboren 1968. Regina Desireé Beauvais heißt sie. Was für ein hübscher Name! Paßt viel besser zu ihr als Isis.«

»Finde ich auch«, sagte Carlo. »Deutlich besser. Klingt schön französisch. Was ist das denn?«

Er starrte auf ein Schwarzweißporträt, dreizehn mal achtzehn Zentimeter, das einen leicht verkniffen wirkenden Mann in mittleren Jahren zeigte. Schütteres Haar, ovale Brille. Strenger, fast mönchischer Mund. Hoher weißer Kragen über dem dunklen Anzug. Das Foto war längs und quer durchgerissen und mit Tesafilm sorgfältig wieder zusammengeklebt. Es sah aus, als trüge sie es schon lange mit sich herum.

»Ein Pfarrer? Wohl kaum«, rätselte Carlo. »Vielleicht ihr Vater? Da gibt es eine Ähnlichkeit um Kinn und Nase. Dreh doch mal um.«

Die Rückseite war weiß, bis auf eine Firmenanschrift.

»Fotostudio Schenk, Trier. Das ist alles.« Er sah sie bekümmert an.

»Nicht ganz. Kein Hinweis auf eine Krankenkasse. So einen bürgerlichen Mist brauchen ›Erleuchtete‹ wohl nicht mehr. Und trotzdem scheint Isis alias Regina bei aller Verwirrtheit ein schlaues Köpfchen zu haben. Sie hat eine Kopie von Ritas Schenkungsurkunde mitgenommen. Die, die Wulfius von Rheinstahl so massive Seelenpein bereitet. Und den Antrag auf Eintragung ins Vereinsregister. Nicht schlecht! Das sind Dinge, die ich mir gern mal in aller Ruhe ansehen würde. Dürfte alles nicht unspannend werden, jetzt, wo der große Vorsitzende in den ewigen Jagdgründen weilt und die Restindianer sich neu organisieren müssen. Ich nehme die beiden Dokumente jedenfalls mal zum Kopieren mit. Hilft uns vielleicht ein kleines Stück weiter. Kommst du mit dem Rest allein zurecht?«

Sie erhob sich, stöhnte, als sie das Kreuz durchbog.

Carlo war nichts entgangen. »Ich denke, dafür hast du jetzt deinen Schwei...«

»Sprich nicht weiter, Carlo van Rees, wenn du eine gute Freundin behalten willst!« warnte sie ihn lachend. »Ich muß wirklich los. Meine Baulöwinnen besänftigen. Große Raubtierfütterung. Es geht um knapp sieben Millionen. Du kannst mir schon mal für alle Fälle die Daumen halten. Servus, du hörst von mir! Baldigst!«

Sie war noch nicht in der Kanzlei, als sein Anruf kam. Aber, gründlich eingeschüchtert wie er war, versuchte er es später nochmals. Diesmal mit mehr Glück.

»Wulfius von Rheinstahl am Apparat«, tönte er. »Ich möchte mich als erstes bei Ihnen bedanken, Sina. Für die Schützenhilfe in der Arnulfstraße. Und dann entschuldigen. Ich hab ein paar Tage länger gebraucht. Aber jetzt bin ich soweit. Das mit dem Alibi war wirklich dumm von mir.« Er klang beinahe schüchtern.

»Hauptsache, Sie sind zur Einsicht gelangt«, sagte sie. »Also, wo haben Sie zur Tatzeit gesteckt?«

»Bei einer jungen Dame«, sagte er dumpf. »Ich wäre Ihnen allerdings dankbar, wenn Sie die Angelegenheit mit äußerster Diskretion behandeln würden. Ja, ich muß Sie sogar darum bitten. Vor allem Rita darf unter keinen Umständen etwas davon erfahren.«

»Das muß sie nicht, wenn es nach mir geht«, erwiderte sie. »Der Staatsanwaltschaft sollten wir allerdings nach Möglichkeit so bald wie möglich reinen Wein einschenken. Schließlich haben Sie nichts zu verbergen. Es sei denn, Sie haben Spaß daran, daß die Herren Sonner und Hacker wie Kaugummi an Ihren Fersen kleben.«

»Ist das wirklich nötig?« Er klang deutlich beunruhigt.

Wieder begann Ungeduld in ihr zu keimen. »Sie erinnern sich vage an unser Gespräch«, sagte sie knapp. »Über den Schuldigen, den die Herrn unbedingt finden wollen?«

»Ich weiß, ich weiß«, versicherte er schnell. »Aber es ist alles nicht so einfach für mich. Ich meine, schließlich will ich Lia nicht unbedingt mit hineinziehen in das ganze Schlamassel. Es reicht schon, daß ich selbst bis über die Ohren drinstecke.«

»Lia – klingt, als ob Sie die junge Dame schon länger kennen«, tippte Sina. »Hat sie auch einen offiziellen Namen? Und eine Adresse?«

»Sie heißt Angelika Lier«, druckste er herum. »Und wohnt ganz in unserer Nähe. Sie ist eines unserer früheren Kindermädchen. Eine ganz, ganz reizende Person. Viel Charme, viel Anteilnahme. Mütterlich, möchte ich fast sagen.«

Vor allem wahrscheinlich für dich. Und wahrscheinlich hat sie Grübchen am Kinn und einen dicken Busen, dachte Sina und freute sich an ihrer eigenen Boshaftigkeit. »Sie wäre sicherlich bereit, Ihr Alibi für die Tatzeit zu bestätigen. Auch schriftlich?«

»Natürlich«, versicherte er. »Jederzeit.«

»Dann wäre es die eleganteste Lösung, das die junge Dame in einem kurzen Schreiben an die Staatsanwaltschaft zu Papier bringen zu lassen. Damit ist ihre Aussage bei den Akten. Und Sie haben Ihre Ruhe.«

»Sie ist nicht die einzige Zeugin.« Jetzt wurde er geradezu eifrig. »Ihre Schwester Monika war auch zu Hause und hat mich gesehen.«

»Um so besser«, sagte Sina. »Dann eben alle beide.«

»Soll ich nicht erst bei Herrn Sonner anrufen?«

»Um Himmels willen, bloß das nicht! Das erledige ich für Sie. Schließlich haben Sie Anspruch auf Service bei meinen anspruchsvollen Honoraren.«

Das fehlte ihr gerade noch – schwierige Mandanten, die höchstpersönlich ihre Unschuld bei den Behörden beteuern wollten!

Er schien immer noch aufgewühlt. »Wissen Sie, die ganze Sache ist mir sehr unangenehm«, fuhr er fort. »Wir, ich meine Lia und ich, sind seit einem halben Jahr... nun... intimer, wenn Sie so wollen. Aber Rita soll nichts davon wissen! Verstehen Sie, was ich sagen will?«

»Ganz gut, glaube ich«, sagte Sina. »Sie ziehen es vor, lieber Ihre Frau der Untreue zu bezichtigen, anstatt anzugeben, daß Sie selbst nach Herzenslust in fremden Gärten wildern. Nicht ganz neu, aber immer wieder beliebt.«

»Rita will partout die Scheidung«, sagte er unglücklich. »Und das Sorgerecht für die Kinder. Der geborenen wie der ungeborenen. Sie erwartet nämlich Zwillinge. Zwillinge, denken Sie nur!«

»Ach ja«, sagte Sina unbeeindruckt. »Und was soll das an Ihren Problemen ändern?«

»Sie kennen Rita nicht«, posaunte er. »Zwillinge, gleich zwei hilflose Würmchen auf einmal – das bedeutet, daß sie zur Einsicht kommen wird. Ihr Guru ist tot. Sie braucht Geld. Und ein Heim. Wahrscheinlich tut es ihr schon leid, das Grundstück verschenkt zu haben. Damit ist sie diesen Leuten doch finanziell auf Verdeih und Verderb ausgeliefert.«

Er hüstelte nervös. »Glauben Sie mir, Sina, das ist keine Ausgangslage für eine Frau von Ritas Kaliber. Die kommt zurück. Die muß zurückkommen!«

»Wie geht es eigentlich Ihrem *I-Compact-Set?*« fragte Sina übergangslos. Sie hatte genug von seiner Eheproblematik und beschloß, ihn ganz direkt zu attackieren.

»Ich höre gar nichts mehr davon! Sind Ihre fuliminanten

europäischen Pläne nun endgültig in der Versenkung verschwunden?«

»Wie kommen Sie denn darauf? Ganz und gar nicht! Ich war nur von den dramatischen Vorkommnissen ein bißchen überrollt.« Er klang erst beleidigt. Dann wurde sein Ton argwöhnisch.

»Warum fragen Sie? Ist etwas passiert?«

»*Passiert* ist noch nichts. Aber es könnte sein, daß ich ein paar interessante Ansatzpunkte in bezug auf die Schenkung zu bieten hätte.«

»Sina!«

»Keine übereilte Vorfreude«, dämpfte sie ihn. Es tat gut, ihn ein bißchen zappeln zu lassen. Das hatte er allemal verdient, fand sie.

»Es ist noch zu früh, um etwas Genaues zu sagen. Aber ich bleibe am Ball und gebe Laut, wenn ich mehr weiß. Und jetzt entschuldigen Sie mich bitte.«

Sina hängte ein, von einer Welle jäh aufsteigender Gereiztheit überwältigt. Jeder weitere Satz wäre ihr zuviel gewesen.

Wahrscheinlich lag es daran, daß sie schon seit Monaten wie eine Geisteskranke arbeitete. Nicht nur tagsüber, nein, auch abends und oft genug am Wochenende.

Für heute abend stand schon wieder ein Essen mit zwei wichtigen Mandanten auf dem Programm. Sie wußte schon jetzt, daß es in erster Linie nervig und anstrengend werden würde.

Dazu taten ihr die Schulterblätter tierisch weh. Dort, wo man bei Erschöpfung die ganze Last dieser Welt zu spüren glaubt. Ob sie einfach Marcus anrufen sollte?

Nach diesem unbeschwerten Abend von neulich, der so jäh und seltsam geendet hatte, war es gar nicht mehr so einfach. Er jedenfalls hatte sich schon seit Tagen nicht mehr bei ihr gemeldet.

Mist! dachte sie und klappte ihr Filofax unentschlossen

wieder zu. Wenn man wieder damit angefangen hat – schon sind sie wieder am Laufen, diese verdammten alten Frauen-Männer-Schoten! Schade um deine schöne innere Abgeklärtheit. Die kannst du dir jetzt sonstwohin schieben.

Nicht einmal rüde Formen der Selbstbeschimpfung halfen da entscheidend weiter.

Sina ließ es also bleiben. Aber sie ärgerte sich den ganzen Abend darüber.

Und beim Aufwachen wieder von neuem.

13

Erleuchtungstagebuch, Pradhina
12. Mai

Irgendwie ist der ganze Spaß weg.

Da helfen keine japanischen Gestecke, keine Räucherstäbchen, nicht einmal Duftlampen. Sogar die vietnamesischen Glücksrollen, mein absoluter Geheimtip, haben ihre Wirkung verloren.

Eine Runde von teigigen Trauerklößchen sind wir geworden, die den ganzen Tag um Ihn herumhängen und nach dem Heben und Senken Seiner Augenbraue schielen. Und wenn Er sie nicht hebt?

Dann giften wir uns darüber. Und deshalb habe ich meinen Job bei der Lufthansa aufgegeben! Hat mich zwar sehr genervt, diese ständige Herumfliegerei. Dazu die öden Hotels. Die überfüllten, zugigen Terminals.

Aber das war damals. Heute, wo ich hier sitze, zum Ausharren verdammt, würde ich viel darum geben, mal schnell für ein Butterbrot nach Indien abhauen zu können. Oder nach Mexiko.

Oder sonstwohin.

Überallhin meinetwegen. Nur nicht hierbleiben!

Aber wie soll das geschehen? Und vor allen Dingen: womit?

Ich bin so blank wie pures Gold.

Nichts habe ich mehr von meiner Ablösung, gar nichts. Sogar das bißchen Restgeld, meine eiserne Reserve, ist futsch. Und ich bin ja schließlich nicht mehr fünfundzwanzig.

Natürlich, ich könnte alles machen. Kochen, putzen, gärtnern (genaugenommen die Dinge, die ich hier auch machen muß!) – aber habe ich Lust dazu?

Ich bin zum Frohsinn geboren, zum Lachen und Giggeln. Nicht zum Grübeln und Traurigsein. Der kosmische Witz ist mir hier unter diesen Trauerweiden allerdings schon vor geraumer Zeit abhanden gekommen.

Es fing an, als Er berühmt zu werden begann. Als immer mehr Leute kamen. Als Er plötzlich anfing, ständig über das Universum und die Erleuchtung zu quasseln.

Ich persönlich bin gern ein bißchen faul. Und weil ich das bin, glaube ich nicht, daß Anstrengung, Disziplin, Nichtrauchen und Diät und tausend weitere Tugendbeweise nötig sind, um erleuchtet zu werden. Es ist völlig in Ordnung, es sich gutgehen zu lassen. Und sich wohlzufühlen.

Das ist, da bin ich ganz sicher, eine der wichtigsten Botschaften der Erleuchtung.

Tee getrunken, eine große Schüssel Pudding gegessen und zwei Käsebrote.

Jetzt fühle ich mich wesentlich besser. Man kann einfach nicht substantiell werden mit einem Loch im Bauch! Das ist auch eines von den vielen Dingen, die Er noch lernen muß.

Aber da sehe ich schwarz.

Denn Er weiß schon alles. Denkt Er wenigstens. Das ist es ja, was Ihn auf Dauer so ganz und gar unerträglich macht.

Wer in diesem und anderen Universen weiß schon alles? Na also! Das Universum ist aus einer einzigen Art Was-auchimmer gemacht, das nicht näher definiert werden kann. Deshalb ist es auch nicht nötig für uns Menschen, eine Definition dafür zu finden – so einfach ist das!

Ach, Mensch! Ich will wieder Spaß haben!

Lachen, aufstehen, das Leben genießen, fernab von Ver-

und Geboten, von den tausend Regeln und zehntausend Vorschriften, die Er für uns aufgestellt hat!

Neulich hat Er mir sogar mein Tarotdeck weggenommen, heimlich, als ich gerade mal aus dem Haus war. Das sei Teufelswerk oder so ähnlich.

Der hat doch echt einen Schatten, oder?

Geliebte Schar, *so nennt Der uns. Dabei weiß Er gar nicht, was Liebe ist.*

Den Tanz jedenfalls, den Er mit Isis aufführt, den kann man kaum noch ertragen. Ich habe Ihm neulich sehr ernsthaft die Verwendung eines Keuschheitsgürtels anempfohlen, die Dinger aus dem Mittelalter. Um wirklich sicher zu gehen.

Nicht einmal da hat Er gelacht. Was will man da noch erwarten!

Gerade hat Ute angerufen. Sucht jemand, der auf die schnelle mit in ihren Bio-Laden einsteigt. Ein bißchen Kohle müßte man allerdings schon dazu haben.

Das wäre eine feine Sache!

Endlich mal wieder fröhliche bunte Kleider tragen, nicht immer dieses doofe heilige Weiß! Mittags könnten wir einen kleinen Imbiß anbieten, nachmittags Kuchen und Getreidekaffee – ich sehe alles schon ganz deutlich vor mir.

Sie will, daß ich mich bald entscheide.

Ich habe ihr gesagt, daß ich nächste Woche mehr weiß.

Ich darf gar nicht daran denken.

Und wenn doch alles schiefläuft?

Dann können wir uns mit einer Kugel ins All schießen. Alle miteinander.

14

Man konnte gleich sehen, daß sie sich Mühe gegeben hatten. Vor allem konnte man es riechen.

Das Wohnzimmer in der Destouchesstraße war peinlichst aufgeräumt und dezent mit weißen Blüten dekoriert. Leichter Lemongrasduft in der Luft, eines jener ätherischen Öle, die gleichermaßen für Reinheit und Heiterkeit sorgen. Vorne, ganz nah am Fenster, da, wo Saba immer gesessen hatte, wartete sein weißbespannter Thronsessel auf ihn, als würde er schon im nächsten Augenblick eintreten und sich unbeschwert auf ihm niederlassen.

Aber Saba war tot.

Niemals wieder würde er mit ungeduldig wiegendem Schritt die Zimmerschwelle überschreiten. Niemals mehr würde sein verhaltenes Hüsteln zu hören sein, mit dem er seine Stimmbänder vor jedem *reading* zu lockern pflegte.

Da stand nur noch das große Porträt, das sie in aller Eile hatten anfertigen lassen. Weil der seit Ewigkeiten anberaumte Fototermin beim ständigen Hin und Her immer wieder verschoben worden war, hatten sie leider auf eine nicht ganz geglückte Amateuraufname des Meisters zurückgreifen müssen. Die Vergrößerung war grobkörnig, zudem ein bißchen unscharf und ließ seine Haut pickelig wie die eines Spätpubertierenden wirken.

Nicht alle waren damit einverstanden. Ganz im Gegenteil.

Im *Verein für Himmelfahrt e. V.* waren erbitterte Diskussionen darüber entbrannt, ob und in welcher Form man sich mit dieser offenkundigen Notlösung an die Öffentlichkeit wagen sollte. Zum Schluß aber hatte Madra sich mit aller Entschiedenheit durchgesetzt.

»Ohne Foto kein *reading*, ohne *reading* kein Geld«, verkündete sie kategorisch. Sie schwitzte heftig, wie immer, wenn sie besonders ärgerlich war.

»So einfach ist das. Ich habe noch fünf Blanco-Unterschriften von Saba für die Bank. Das ist alles. Ihr wißt genau, daß wir beide unterzeichnen müssen, um an die Konten zu kommen. Alleine sind mir die Hände gebunden. Wenn wir es nicht bald schaffen, einen neuen Vorsitzenden zu wählen, können wir wie indische Mönche mit der Bettelschale auf die Straße gehen.«

Ein Argument, das zog.

Denn der Verein war beileibe nicht arm, wenngleich auch seine sieben Gründungsmitglieder gelobt hatten, persönlich der Anbindung an materielle Werte weitgehend zu entsagen.

Aber das Leben war nicht gerade billig. Die Kosten liefen weiter, man mußte wohnen, essen und sich angemessen in weiße Gewänder hüllen, ein bei dem Überangebot an Buntem in diesem Sommer nicht immer einfaches Unterfangen.

Deshalb beugten sich alle Madras Entscheidung, manche allerdings zähneknirschend. Es war nicht ihr erster Sieg.

Seit dem Übertritt Sabas in höhere Sphären hatte sie systematisch die gesamte Leitung des Vereins übernommen. In finanziellen Dingen blickte außer ihr ohnehin keiner der anderen durch; das war von jeher ihr Ressort gewesen.

Plötzlich aber gab sie auch in allen religiösen Belangen Anweisungen. Das war neu. Und stieß den meisten unangenehm auf.

Wieder hatte Madra scheinbar sachliche Argumente an der Hand.

»Soll nun alles das, für das wir so lange hart gearbeitet haben, den Bach runtergehen? Die geplante Deutschlandtournee im kommenden Winter, die Buchveröffentlichung, die *readings*, die in der ganzen Region schon längst zu einer festen Institution geworden sind? Das muß weitergehen, meine Freunde! Die Menschen brauchen Sabas Weisheit. Sie dürsten nach seiner Liebe. Sie werden erhoben von seinem kosmischen Witz. Sein gegenwärtig veränderter Zustand ändert nichts daran. Ganz im Gegenteil!«

Ihre Augen zwischen den Wülsten funkelten. Der gewaltige Leib erbebte. »Wir werden seinen Kult dauerhaft etablieren. Glaubt mir, Saba vom Ersten Strahl wird binnen kurzem berühmter sein als zu seinen gerade durchschrittenen letzten Lebzeiten!«

Das war ihr Plan. Die Realität sah allerdings ein bißchen anders aus.

Obwohl sie alle wie verrückt die Werbetrommel gerührt und ein kleines Vermögen für Handzettel und eilig gedruckte Plakate ausgegeben hatten, war der Andrang zum ersten *reading* nach seinem Tod keineswegs überwältigend. Keine Spur mehr von drangvoller Enge. Niemand quetschte sich noch in den Fluren. Der Garten, in dem die Lautsprecher verloren rumstanden, war gähnend leer.

Von den allenfalls zwanzig Anwesenden weigerten sich gleich acht an der Tür, den Obulus zu zahlen, den Madra, in weiser Voraussicht schlechter Zeiten, um fünf Mark angehoben hatte. Lautstark beriefen sie sich auf ihr gutes Recht, erst einmal zu »schauen«, bevor sie sich endgültig zum Bleiben entschlossen. Wohl oder übel mußte sie einwilligen.

Sie nahm sich allerdings dabei vor, zukünftig den erniedrigenden Türsteherjob an ein anderes Vereinsmitglied abzugeben. Am meisten hätte sie es Roberto gegönnt, dessen blasierte männliche Überheblichkeit ihr von Tag zu Tag weniger gefiel. Auf der anderen Seite war dann noch weniger mit konstanten Einnahmen zu rechnen.

Unzufrieden zog Madra Bilanz. Einhundertachtzig und keine einzige Mark mehr. Die Neugierigen, die sie auf Verdacht reingelassen hatte, würden natürlich keinen Pfennig mehr rausrücken. Das war nicht einmal ein schmales Drittel ihrer früheren Erträge!

Leider wurde es im Anschluß keineswegs besser. In letzter Minute hatten sie noch ein dünnes Video hervorgekramt, von einem Bewunderer Sabas im letzten Sommer bei einem Gartenfest aufgenommen. Der Meister schien damals nicht gerade in Höchstform gewesen zu sein. Man merkte es jetzt im Rückblick stärker als es ihnen damals live aufgefallen war.

Er sprach ein bißchen gestelzt und machte immer ein komisches kleines Mündchen in die Kamera. Zudem neigte er zu ausschweifenden Erklärungen. Das Schlimmste war, daß er sich ständig wiederholte.

Längst gähnten die Zuschauer herzhaft. In der zweiten Reihe hatten sich zwei junge Männer erhoben und gingen einfach. Nach knapp einer Stunde waren die Vereinsmitglieder wieder unter sich.

»So können wir unmöglich weitermachen«, räsonierte Roberto, der insgeheim Madras Übereifer die Schuld an dem Fiasko zuschob. »Damit machen wir nur noch mehr kaputt. Zum Schluß sind wir vollkommen unglaubwürdig.«

»Meiner Meinung nach war das vor allem das Werk der miesen Presse«, gab Pradhina zu bedenken. »›Guru starb mit Fön in der Wanne‹. Das klingt ja wirklich grauenhaft! ›Seine Jünger außer sich vor Schmerz‹. ›Täter noch immer auf freiem Fuß‹. Wer hat da noch Lust zu kommen?«

»Ich tippe eher auf die Folgen des Biergartenwetters«, steuerte Indra S. eifrig bei. »Im Theater ist jetzt auch kein Mensch. Ihr werdet sehen, im Herbst haben wir wieder volle Säle.«

»Falls wir bis dahin nicht längst alle verhungert sind.« Von Otera kamen stets die praktischen Hinweise. »Unser Biowein ist jetzt schon alle. Und der gute Traubensaft beinahe.«

Madra blies sich vor ihnen auf wie eine gefährlich gereizte Muttersau.

»Lamentieren, ja, das könnt ihr!« schnaubte sie. »Aber handeln? Wirklich einstehen für das *Karma*, das ihr euch geschaffen habt? Da kann ich schauen, wo ich bleibe! Die Wache vor dem *Institut für Körperbewußtsein* ist eine Sache. Aber noch lange nicht ausreichend, das predige ich seit Tagen! Neue Pläne brauchen wir, neue, gezielte Aktivitäten. Abwarten ist jetzt vollkommen falsch. Und gefährlich.«

Sie schaute angriffslustig von einem zum anderen. »Es gibt nur eins, das zählt. Isis so schnell wie möglich wiederzufinden. Ihr wißt genau, was für uns und unsere Zukunft davon abhängt: Sicherheit. Geld. Überleben.«

Ein bedrücktes Schweigen folgte ihren Worten. Vor allem Roberto sah drein wie ein ängstliches Schaf.

»Und wenn sie längst im Ausland ist?« sagte er leise. »Für immer verschwunden?«

»Ohne Paß und Personalausweis?« versetzte Madra ihm säuerlich und griff sich einen dicken tröstlichen Schokoriegel. »Wohl kaum. Ihre Ausweise hat sie gottlob hiergelassen.«

»Aber ein paar Sachen hat sie doch dabei«, beharrte Indra S. »Das hast du uns selbst gesagt. Zeugnisse. Ihr Erleuchtungstagebuch. Und die Kopie der Schenkungsurkunde.«

»Und?« Madras Ton wurde beißend. »Was soll sie damit anfangen? Sie auf dem schwarzen Markt meistbietend verhökern? Die hält nicht lange durch, so, wie die beieinander ist. Die kommt zurück. Die braucht uns. Schließlich sind wir ihre Familie. Daran wird sie sich bald erinnern. Und wenn nicht, helfen wir ihr ein bißchen dabei.«

Es klang beinahe wie eine Beschwörung. Die anderen nickten beklommen.

»Also«, sagte Madra nach einer ganzen Weile. »Wie fangen wir an? Ich bitte um Wortmeldungen! Wer nimmt sich wen vor, um anzurufen oder persönlich vorbeizugehen?«

Sie schwenkte leicht nach links und musterte den einzigen

Mann in ihrer Runde eindringlich. Roberto hielt seit Minuten die Augen gesenkt und mied ihren Blick.

»Für dich gibt es einen Spezialauftrag, Roberto, mein Lieber«, begann sie überfreundlich.

Er schaute verblüfft auf.

»Du kümmerst dich um Rita«, sagte sie mit Nachdruck. »Es muß Schluß damit sein, daß sie wie eine Glucke auf dem Seegrundstück hockt. Der Verein braucht es jetzt dringender. Gemeinschaftsinteressen vor Privatinteresse. Verstanden?«

»Und wer soll dann Tatjana übernehmen?« fragte er widerborstig. »Du vielleicht?«

»Wer sonst, mein Lieber.« Ihr Lächeln wurde breiter. »Oder hast du vielleicht keine Lust mehr, künftig in Solln zu Hause zu sein?«

Durch Marcus erfuhr Sina V. Teufel von einem Teil dieser umfassenden Aktivitäten. Schließlich hatte er doch angerufen. Sehr freundlich.

Einfach so.

Sie schalt sich selbst erleichtert eine doofe alte Pute und verabredete sich mit ihm. *Privat*, wie sie ausdrücklich betonte.

Eine kleine Pause am anderen Ende der Leitung. Dann klang seine Stimme ein bißchen betreten.

»Magst du meine Massage-Arbeit nicht mehr?«

»Doch, natürlich«, versicherte sie. »Ganz besonders gern. Ich dachte nur...«

»Und ich dachte, sie tut dir wohl und bringt dich ein Stückchen näher zu dir selbst. Hör mal, schöne Anwältin, nur zu deiner Information: *Ich* kann die Sachen ganz gut auseinanderhalten. Wenn ich arbeite, dann arbeite ich. Wenn ich mit dir zusammen bin, dann bin ich mit dir zusammen. So einfach ist das.«

Ich wünschte, ich könnte das auch immer von mir behaupten, dachte Sina nach dem Auflegen. Bei mir gehen die Sachen im Ernstfall gern hübsch durcheinander.

Besonders heute.

Morgens, noch vor der ersten Tasse Tee, hatte Harry einen erneuten Überfall gestartet. Auf ihr nicht nachvollziehbare Weise war er an den Ersatz-Wohnungsschlüssel gekommen, den sie urlaubshalber und für den Fall der Fälle bei einer Nachbarin deponiert hatte. Frau Gruber hatte ihn Harry allerdings nicht ausgehändigt, wie sie auf Sinas Nachfrage hin erregt versicherte.

Harry hatte trotzdem einfach aufgesperrt. Und sie in ihrem ältesten Bademantel überrascht. Frisch aus der Dusche.

Das Ende vom Lied war, daß sie sich sofort ein neues Schloß bestellen mußte, die reinste Zeit- und Geldverschwendung. Da taten ihr allerdings schon die Ohren weh von seinem Gesülze.

Es machte ganz den Anschein, als wollte er tatsächlich wieder zu ihr zurück. Als sie auf seine Avancen zunächst mit Ungläubigkeit, später mit Aggressivität reagierte, gab er sich naiv und verblüfft. Verspürte sie denn nicht ebenfalls Sehnsucht nach ihm? Nach den schönen alten Zeiten, die heute noch um vieles umwerfender werden könnten?

Es kostete Sina echte Anstrengung, ihn wieder loszuwerden.

Harry stellte sich auf stur. Weigerte sich zu gehen und machte sich wie der Hausherr persönlich auf ihrer Lieblingscouch breit. Geflissentlich ignorierte er Taifun, der, empört über diese Ungeheuerlichkeit, wütend seine Füße attackierte.

Erst ihre bitterernst gemeinte Drohung, die netten kräftigen Schwulen von nebenan zu Hilfe zu holen oder wahlweise die Polizei zu benachrichtigen, brachte ihn schließlich zögerlich in Bewegung.

Er schien alle Zeit der Welt zu haben. Ihr Tag war bereits angeknackst.

Dazu paßte ausgezeichnet, was Marcus ihr soeben mitgeteilt hatte. *Himmelfahrt e. V.* hatte den Telefonterror intensiviert. Diesmal belästigten sie nicht nur Divinas Institut. Diesmal hatten sie sich Marcus Winter persönlich vorgenommen. Sie schienen überzeugt, daß er das Bindeglied zu Isis und ihrem plötzlichen Verschwinden sein müsse. Sie hatten ihn bereits bedroht, wenn auch nur unterschwellig. Dafür allerdings unmißverständlich. Wenn er nicht endlich auspackte, würden sie ihm das Leben zur Hölle machen. Und allen, die mit ihm zu tun hatten.

»Du kannst dir jetzt schon ausrechnen, wann du drankommst«, lachte er. Sie hörte seine Verärgerung trotzdem durch.

»Du warst doch vor kurzem noch so angetan von diesen Leuten.« Diese Gemeinheit hatte sich Sina bei aller Zuneigung nicht verkneifen können. »Heute klingst du ganz anders.«

»Ich bin einer, der sucht. Keiner, der findet«, war seine Antwort gewesen. Reichlich salomonisch, für jemanden mit seinen Händen und seinen Schultern, dachte Sina.

Sie rief bei Carlo an, um sich nach dem Befinden der emsig Gesuchten zu erkundigen. Aber sie bekam ihn selbst nicht an den Apparat.

Er sei gerade in einer Therapiesitzung mit Isis, erklärte ihr sein Assistent Bruno Wagner. Nach einer nächtlichen Krise habe er sich am Morgen spontan dazu entschlossen. Carlo könne sicherlich nicht vor dem späten Nachmittag zurückrufen. Bis dahin sei alles mit Terminen zugepflastert.

Sie hatte kaum aufgelegt, da kam schon wieder ein Anruf für sie. Von Rheinstahl. Allerdings Rita.

»Gib sie mir«, sagte sie zu Anke Frey, die heute zum Telefondienst abgestellt war. »Mal hören, was sie zur allgemeinen Erhellung beizutragen hat.«

»Sie werden sich sicherlich wundern, warum ich Sie anrufe«, flötete Rita. »Aber ich bin in ernsthaften Schwierigkeiten.« Sie klang nach Tränen und mühsam unterdrückter Hysterie.

»Kann ich mir denken«, erwiderte Sina.

Das genügte. Rita begann loszuflennen.

»Ich weiß einfach nicht mehr weiter! Ich bin am Ende! Ohne Heim. Ohne Geld. Mit bald vier Kindern. Und einem Ehemann unter Mordverdacht...«

Der Rest ging in wildem Schluchzen unter.

»Für den letzten Punkt haben ganz allein Sie selber gesorgt«, war Sinas Antwort. »Und sehr zielgerichtet noch dazu. Warum eigentlich? Das wollte ich Sie die ganze Zeit schon fragen. Als Unterabteilung Ihrer Ehe-Schlammschlacht? Oder halten Sie Wulfius tatsächlich für fähig, einen Menschen umzubringen?«

»Ich weiß nicht«, wimmerte sie. »Ich weiß überhaupt nichts mehr. Ich bin nur noch verzweifelt!«

»Vielleicht geht es Ihnen besser, wenn Sie erfahren, daß Ihr Mann ein einwandfreies Alibi hat«, fuhr Sina mit leicht gehässigem Unterton fort. »Sogar von zwei Personen bezeugt. Sie müssen sich einen neuen Schuldigen suchen, Rita. Genau wie die Herren von der Staatsanwaltschaft. Umdenken ist dringend nötig.«

Rita zog es vor, nichts darauf zu antworten.

»Es ist alles so schrecklich anders, seitdem Saba tot ist«, kam sie statt dessen zu ihrem eigentlichen Thema. Ihr Weinen war merklich verhaltener geworden.

Sina konnte förmlich spüren, wie die Landedelfrau in Rita von Rheinstahl langsam wieder die Oberhand gewann.

»Als er noch unter uns war, habe ich mich sicher und stark in seiner Nähe gefühlt. Mutig, wie noch nie in meinem Leben. Aber jetzt? Es ist, als ob ich schmerzhaft aus einem schönen Traum erwacht wäre. Und auf einmal kommt mir die Welt so verwandelt vor, daß ich Mühe habe, sie noch zu verstehen.

Plötzlich sind die im Verein ganz fremde Menschen für mich! Als hätten sie ihren Kern verloren, das, was sie eigentlich ausgemacht hat. Ich mag sie nicht mehr. Direkt unwohl fühle ich mich in ihrer Gegenwart. Sie scheinen es zu spüren, so penetrant, wie die mich angehen. Manchmal habe ich buchstäblich Angst, daß sie die Kinder und mich schnurstracks vom Seegrundstück zerren, wo wir uns hingeflüchtet haben, jetzt, wo wir nicht mehr nach Hause können. Das soll meine neue Familie sein? Nein, Sina, alles, was recht ist: Das hat nichts mehr mit der geliebten Schar zu tun, mit der ich künftig leben wollte!«

Ihr Ton klang hörbar entschlossener. Er paßte zu der Rita, die Wulfius skizziert hatte.

»Tatjana, ich meine, Cordelia Blau geht es übrigens ganz ähnlich. Die denkt auch nicht mehr daran, ihr Eigentum an den Verein abzutreten. Gestern habe ich lange mit ihr telefoniert. Ruf doch mal Dr. Teufel an, hat sie gesagt. Die hat mir damals sehr geholfen in meinem schwierigen Erbfall. Ich brauche Ihre Hilfe, Sina! Sie können mir doch sicher einen guten juristischen Rat geben, wie ich die Schenkung widerrufen kann. Oder besser noch aufheben. Auf jeden Fall will ich mein Grundstück zurück!«

»Da sind Sie bei mir an der falschen Adresse, Frau von Rheinstahl.« Sina klang streng und reserviert. »Wie Sie wissen, vertrete ich Ihren Mann – in eben derselben Sache. Potentielle Interessenkollision heißt das im juristischen Jargon. Weniger fein ausgedrückt: Parteienverrat. Ich muß Sie also enttäuschen. Es sei denn ...«, ließ sie ihren Versuchsballon steigen.

»Ja?« Rita schnappte danach wie ein Hund nach der Wurst.

»... Wulfius und Sie wären bereit, Ihre alten Animositäten zu begraben und entschlössen sich, am gleichen Strick zu ziehen. Natürlich nur, was das Seegrundstück betrifft. In diesem Fall würde ich Ihnen einen befreundeten Anwalt empfehlen. Er übernimmt Ihr Mandat. Die Vorteile liegen auf der Hand. Schnelle Informationswege, kein Reibungsverlust und vieles mehr.« Sie wartete.

»Tun Sie das«, hauchte Rita. »Ich bitte Sie darum. In meiner Lage muß man nach jedem Strohhalm greifen.«

Der Anwalt, den Sina im Sinn hatte, war Louis Levin, genannt L. L. Nach ein paar wenig geglückten anderen Versuchen seit knapp einem Jahr Juniorpartner der renommierten Kanzlei Dr. Burmeister/Dr. Edel/Graf Stock. So mit das Feinste, was die Stadt zu bieten hatte.

Bei Sozietäten dieser Güteklasse war blaues Blut im Mittelbereich der Partnerauflistung unabdingbar. »Ohne« war schlichtweg unmöglich. War kein Graf oder Baron zur Hand, mußte man zumindest auf einen Edlen zurückgreifen.

Man war schließlich in München. Und besaß Tradition.

Sina kannte L. L. als schwul, brillant und ausgesprochen wirtschaftlich denkend. Insgeheim amüsierte sie sich darüber, wie er es fertig brachte, seine glamourösen Neigungen und extravaganten Vorlieben so nahtlos in das Räderwerk eines stockkonservativen Kollegenkreises zu integrieren.

Mit seinem glänzenden Intellekt und der richtigen Portion Überspanntheit erschien er ihr als der Richtige, um Rita von Rheinstahl und ihre Allüren zu handhaben.

Sina nahm an, daß nach spätestens zwei Beratungen Rita seinem schlitzohrigen Charme rettungslos verfallen wäre.

Louis Levin schien hocherfreut, als Sina anrief und ihm den Fall schilderte. Für pikante Umstände hatte er schon immer ein Faible. Motiviert, mit den passenden Zwischenfragen an den entscheidenden Stellen, hörte er zu. Sina hatte ihn noch niemals anders erlebt.

»Wir sollten endlich mal wieder zusammen ausgehen«, schlug er vor, als sie halbwegs durch waren. »Eine Schande, daß wir erst hysterische Gattinnen, tote Meister und eine Horde Durchgeknallter brauchen, um uns wiederzusehen.«

»Heißt das, du übernimmst das Mandat?«

»Kann sie denn mein Honorar bezahlen?« Das war typisch Louis. »Du weißt, daß meine Partner nicht viel von übertriebener Barmherzigkeit halten. Ich allerdings auch nicht.«

»Aber immer. Hübscher Streitwert übrigens. 1,5 Millionen. Reicht das für euch?«

»Ich gebe mir alle Mühe, für einen Snob gehalten zu werden«, gab er zurück. »Aber du bist wirklich einer. Sagen wir morgen abend gegen acht? *Austernkeller*? Ein bißchen piefig inzwischen. *La Mer*? Auch nur gehobener Nepp. Oder lieber was modisch Mexikanisches? Unter uns gesagt: Ich kann den Fraß nicht ab.«

»Tee mit Zitrone wäre schon wunderbar. Allerdings nur, wenn ihr euer feines englisches Service rausrückt. Ich war schon seit Ewigkeiten nicht mehr im Arco-Palais. Morgen, am späteren Nachmittag, wäre ich mental bereit, die knapp hundert Meter Luftlinie zwischen uns zu überbrücken.« Sie senkte ihre Stimme. »Vorausgesetzt, ihr laßt gewöhnliche Sterbliche noch in eure heiligen Hallen.«

»Gegen fünf? Der rote Teppich liegt schon parat. An den passenden Lakaien dazu arbeiten wir noch. Ich freue mich.«

Er tat es wirklich.

Sina erkannte es an seinem strahlenden Gesicht, das seit ihrem letzten Treffen noch um einiges runder geworden war. Gemeinerweise hätte man es mit einer glattpolierten Billardkugel unter kurzgeschorenen grauen Haaren vergleichen können.

Allerdings mit einer besonders wohlriechenden.

Während sie den Flur entlang zu seinem Zimmer gingen, quasselte er ohne Unterbrechung auf sie ein. Kunst! Kultur! Theater! Reisen! Leute!

L. L. schien alles und jeden zu kennen und/oder vor kurzem gesehen zu haben. Als sie sich gerade fragte, wie er das alles neben seiner gepflegten Sechzig-Stunden-Woche noch auf die Reihe bekam, waren sie nach beeindruckenden Wollläufermetern an seiner Türe angelangt.

Sie mußte grinsen, bei dem, was ihr da entgegenprunkte. Austria-Connection, keine Frage. Massiver Wiener Jugendstil. Aber wie!

Er hatte sich offensichtlich schwer am Mobiliar seiner zahlreichen Wiener Verwandtschaft vergriffen.

Sina hatte Schwierigkeiten durchzuatmen.

»Na, wie findest du mein kleines Reich?« strahlte er, aufrichtigen Besitzerstolz im Blick.

»Scheußlich schön«, sagte sie mit Inbrunst. »Einfach umwerfend. Genau wie du.«

»Ein Wort noch, und der Tee ist ersatzlos gestrichen«, drohte er grinsend. »Daß ihr jungen Frauen von heute so gar keine Kultur mehr habt! Essen tut ihr nichts. Und dann dieser abscheuliche Chrom-Weiß-Tick! Da müssen zivilisierte Menschen doch eingehen – das reinste Trauerspiel ist das!«

Sie setzten sich an ein winziges Nippes-Tischchen, so fragil, daß L. L. daneben noch voluminöser als gewöhnlich wirkte. Er goß Tee aus einer zarten Porzellankanne in zerbrechliche Täßchen.

»Sind jetzt alle deine Wünsche erfüllt?« sagte er und langte nach der Sherryflasche hinter sich. »Es stört dich doch nicht, oder?«

»Von mir aus kannst du bechern, bis du umfällst«, war ihre Antwort. »Allerdings nur, wenn du dich trotzdem ordentlich um Frau Baronin kümmerst.«

Er war noch immer so schnell im Kopf wie früher.

»Das ist doch dein Hausnotariat, wenn ich mich nicht täusche«, sagte er feixend und deutete auf das Papier vor ihnen. »Das brav die Schenkungsurkunde für die ›Himmelstürmer‹ ausgestellt hat. Pikant, pikant, ich muß schon sagen!«

Sina hatte ihm die Urkunde vorab durchfaxen lassen. Desgleichen den Antrag auf die Aufnahme von *Himmelfahrt e. V.* ins Vereinsregister. Das ebenfalls mitgefaxte Gründungsversammlungsprotokoll strotzte am Rand von Louis' unleserlichen Bemerkungen.

»Warm«, sagte sie. »Beinahe heiß. Hanne und ich arbeiten seit ein paar Jahren mit Dr. Wolinski. Sein Partner, Notar Kleinschröter, hat das hier fabriziert.«

L. L. sprühte vor Elan.

»Hab mir schon ein paar Gedanken dazu gemacht«, fing er an. »Verdammt verzwickte Sache! Wirklich nicht einfach, das kann ich dir sagen!«

»Vor allem mußt du Rita von Rheinstahl erst einmal davon überzeugen, daß Gatte Wulfius keinesfalls als Täter in Frage kommt«, beschwor sie ihn. »Das mit seinem Alibi hat sie schon gehört. Habe ich ihr brühwarm erzählt. Ich bin mir aber nicht sicher, ob es wirklich bei ihr angekommen ist. Selektive Wahrnehmung und so. Du weißt schon.«

»Nicht ganz unkompliziert, die Dame, ich sehe schon«, grinste Louis. »Warum reichst du mir eigentlich immer deine zickigsten Mandantinnen rüber? Hast du zur Abwechslung nicht ein paar hübsche Kerle auf Lager?«

»Die reserviere ich alle für mich«, gab Sina zurück. »Schon aus Prinzip. Nur selber naschen macht fett und zufrieden.«

»Leider«, nickte er und deutete auf seinen beachtlichen Leibesumfang. Da half auch das taillenumspielende Seidensacco nicht entscheidend weiter.

Er tippte auf das Blatt vor sich. Sina war niemals einem Mann begegnet, der sorgfältiger manikürte Hände gehabt hatte. Der goldene Ring mit der antiken Gemme sah richtig gut daran aus.

»Da liegt für mich der Hase im Pfeffer«, sagte L. L.

»Bei den sieben Gründungsmitgliedern. Genau da müssen wir ansetzen. Ich habe auch schon eine vage Idee, wie.«

Am selben Abend ging die Sache mit Marcus kräftig in die Binsen. Noch bevor sie überhaupt richtig angefangen hatte.

Bei Gelegenheiten wie dieser kam Sina V. Teufel sich vor wie eine Turmspringerin außer Übung, die, anstatt mutig den erlösenden Salto zu wagen, so lange auf dem schwankenden Brett verharrt, bis Springen absolut unvorstellbar geworden ist.

Sie war eben doch zu kritisch.

Aber es gab Dinge, die sie so gründlich abtörnen konnten, daß alles weitere damit ebenfalls gestorben war. Dazu gehörten unter anderem Männer, die mit ihrer Potenz protzten.

Dabei war es eigentlich mehr ein Mißverständnis zwischen ihnen. Gar nicht so gemeint gewesen. Zumindest von seiner Seite. Für Sina aber ließ es sich nicht mehr rückgängig machen.

Als er sich nach dem Massieren neben sie auf den Futon legte, genoß Sina seine Wärme, den Geruch nach Zitronenöl, der noch immer seinen Händen entströmte. Sie spürte, daß er erregt war, und freute sich darüber. Sie hatte Lust auf ihn.

Sie küßten sich, bald schon leidenschaftlich, und es gefiel ihr, wie anmutig Marcus sich aus seiner Hose schälte. Er streichelte sie, zärtlich und gekonnt, und dann begann er leider zu reden.

»Fang an, deine Genitalmuskeln beim Einatmen fest zusammenzuziehen«, murmelte er an ihrem Ohr. Kleine, sanfte Küsse kitzelten gleichzeitig ihren Hals dabei.

»Meine – was?«

»Du kannst sie anspannen wie ein Tänzer seine Oberschenkelmuskeln, bevor er springt.«

Sina schob ihn ein bißchen zur Seite, um sein Gesicht sehen

zu können. Sie glaubte, sich verhört zu haben. »Was faselst du da?« fragte sie, bereits leicht irritiert.

»Ich will, daß es dir gut geht, meine Schöne«, flüsterte er und drückte sie wieder in die Ausgangsposition zurück. Jetzt konnte sie sich kaum noch frei bewegen. Ihre Bereitschaft sank gegen Null.

»So richtig gut. So gut wie nie zuvor. Mit niemandem«, keuchte er ungerührt weiter. »Atme tief ein und spanne deine Genitalmuskeln an...«

»Ich kann es auf den Tod nicht leiden, wenn mir jemand ständig sagt, was ich machen soll und was nicht.« Jetzt war sie bereits alarmiert. »Besonders wenn es Männer sind. Im Bett schon gar nicht. Da entscheide ich am liebsten selbst, was ich mag und was nicht.«

»Scht, scht«, machte Marcus, was sie noch kratzbürstiger werden ließ. »Scht, nicht aufregen! Schön weiterschnaufen. Laß jetzt beim Ausatmen deine Muskeln einfach los!«

Das genügte. Wie eine Eins saß Sina auf dem Futon und funkelte ihn an.

»Was soll der Scheiß? Bist du nicht ganz bei Trost? Verabreichst du mir Nachhilfeunterricht oder was? Mich laß da bitte außen vor, das sage ich dir! Ich erhebe keinerlei Anspruch auf Meisterschaft, aber mir sind bisher auch keine Klagen bekannt. Sagen wir, ich bin bislang ganz gut ohne ausgekommen!«

»Was hast du denn?« fragte er verblüfft. »Das war doch erst der Anfang. Die eigentliche Übung dauert noch viel länger.« Er schüttelte ungläubig seinen Kopf. »Warum willst du mein Geschenk zurückweisen? Du weißt ja gar nicht, was dir damit entgeht. Schau mal, Sina, ich bin nicht nur ausgebildeter Tantra-Trainer. Sondern auch Orgasmus-Spezialist. Mein persönlicher Rekord bei Frauen liegt bei acht Minuten. Ganz ehrlich, ohne Übertreibung: geschlagene acht Minuten!«

»Acht Minuten!« schnaufte Sina empört. »Daß ich das noch erleben darf! Ich glaub es einfach nicht!«

Sie griff nach ihrem Hemd.

»Sina!« Jetzt sah er nur noch gekränkt aus. »Was ist denn auf einmal? Was hast du? Ich verstehe nicht!«

»Nein, das tust du wirklich nicht«, sagte sie entschieden und stand auf.

»Fünf Jahre können manchmal schon eine halbe Generation sein. Es tut mir leid, Marcus. Aber ich möchte, daß du dich anziehst und gehst.«

Jetzt wurde er trotzig.

»Ich lasse mich nicht immer von dir wegschicken wie ein Schulkind«, sagte er. »Und dann wieder herlocken. Du mußt dich schon entscheiden, was du willst.«

Gekränkte Männerehre. Man konnte sie riechen.

Trotz seiner firnreif zerzausten Locken und der braunen Brust blieb sie standhaft. Ihr inneres Alarmsystem mußte nicht einmal mehr anschlagen. Auf wundersame Weise war sie plötzlich über den Berg.

»Ich habe mich bereits entschieden«, sagte sie, inzwischen wieder gut verpackt in Hemd und Hose.

»In der Regel kann ich die Dinge auch ganz gut auseinanderhalten, weißt du. Wenn ich Sex haben will, dann wünsche ich mir einen liebevollen, einfühlsamen Partner dazu. Wenn ich Belehrung wünsche, dann besorge ich mir das passende Buch. So einfach ist das.«

15

Erleuchtungstagebuch, Sarja
10. Juni

Wozu noch Tagebuch schreiben, jetzt, wo alles vorbei ist?

Wozu noch morgens aufstehen?

Wozu noch atmen?

Eine mächtige Dampfwalze hat mich erfaßt, und da liege ich nun. Platter als eine Katze unter dem Laster. Aber mindestens ebenso tot.

Nichts ist mehr wie vorher. Zeit und Raum liegen quer. Die Achse meiner Welt hat sich total verschoben. Jetzt zittere ich vor dem nächsten seelischen Polsprung.

Obwohl draußen die Hitze dampft, ist mein Inneres schockgefroren. So stelle ich mir Leichenkammern vor. Wir sind alle lebendige Tote!

Ich schleiche umher wie ein müder grauer Schatten. Sarja, die Spaßmacherin, die Menschen so einfach und mühelos zum Lachen bringen kann – dieser Traum ist ausgeträumt. Geldmangel.

Daran hat niemand vorher gedacht, so schnell, wie alles auf einmal ging.

Es gibt keine Mittel mehr, um unsere Träume weiter zu pflegen. Wie es aussieht, sitzen wir bald auf der Straße. Ritas Mann hat unsere Stadtwohnung gekündigt, Madra gestern den vorletzten Scheck eingelöst.

Einer noch. Das war es dann.

Wir müßten handeln, aber wir sind alle wie paralysiert. Larven in Aspik – häßliche Vorstellung! Eine nur ist ausgeschlüpft, die kleinste, scheinbar schwächste, und heimlich weggeflogen! Ob sie überwintern wird?

Keiner hat rausbekommen, wo Isis steckt. Als hätte die Erde sich aufgetan, um sie ratzeputz zu verschlucken. Manchmal habe ich Mitleid mit ihr, dann wieder spüre ich nichts als Abscheu und Widerwillen, wenn ich an sie denke.

Weil sie den Mut hatte, wegzugehen.

Weil sie Ihm so nah war.

Weil sie Seine Liebe nicht genügend erwidert hat.

Weil sie, weil sie, weil sie!!!

Dabei hätte jede von uns, jede einzelne, alles getan, um an ihrer Stelle zu sein. Einen Tag nur, für eine einzige innige Umarmung.

Aber uns hat Er nicht gewollt, jedenfalls nicht auf diese Weise. Wir wurden damit abgespeist, Seine geliebte Schar zu sein.

Manchmal hat Er uns auch Lichtwesen *genannt. Oder* Engel. *Engel, daß ich nicht lache!!!*

In Wahrheit hat das Böse sich in jedem von uns eingenistet. Geiz, Hochmut, Verlogenheit, Geilheit, Ignoranz, Betrug – die Liste unserer Schlechtigkeit ist endlos lang.

Er ist tot, und damit ist die überdimensionale Projektionsfläche verschwunden, auf der wir ohne Scham agieren konnten. Jetzt sind die Schatten zu jedem von uns zurückgeflogen, schwärzer und zäher als Pech.

Wir stinken vor Schlechtigkeit. Wir sind durch und durch verdorben. Keiner kann diese Patina aus Niederträchtigkeit, die uns anhaftet, jemals wieder abwaschen.

Ich bin so müde.

Diese trägen, ereignislosen Tage ohne Höhepunkte, das endlose Warten auf etwas, das passieren oder nicht passieren kann, machen mich richtig krank.

Ich hasse den Sommer, der draußen alles zum Blühen und Duften bringt.

Ich hasse Madra, die alles manipulieren will.

Ich hasse Roberto, der ein Schlappschwanz ist.

Ich hasse Otera, die nichts kapiert.

Ich hasse Indra S., die nur blödes Zeug schwätzt.

Ich hasse Pradhina, die tut, als wäre nichts geschehen.

Ich hasse Gundula, die blind sein will.

Am allermeisten hasse ich mich selbst.

Saba hasse ich auf einmal gar nicht mehr. Jetzt, wo Er tot ist. Niemals habe ich mich Ihm verbundener gefühlt.

Ist das nicht krank?

Ganz besonders hasse ich Rita, die wie gedruckt lügt. Jetzt will sie ihr Grundstück zurückstehlen. Saba hat sie es geschenkt, nicht uns, behauptet sie.

Dabei sind wir der Verein. Seine geliebte Schar.

Dürfen wir diesen Namen noch in den Mund nehmen? Gibt es einen einzigen Menschen auf diesem Planeten, der uns überhaupt lieben könnte?

Vielleicht ist Isis ja schon tot. Irgendwo unter die Räder geraten, die ich in meinen furchtbaren Träumen auf mich zukommen sehe.

Dann brät sie hoffentlich in der Hölle. Dauerhochofen. Extra heiß.

Das wünsche ich ihr von ganzem Herzen.

16

Der Morgen danach war von denkbar schlechten Eltern.

Wie immer hinerließ der Triumph, das letzte Wort gehabt zu haben, einen schalen, leicht bitteren Geschmack auf ihrer Zunge. Weder die heiße Dusche noch das neue Rouge schufen Abhilfe. Sie konnte gar nicht so alt sein, wie sie sich fühlte.

Im hellen Junilicht, mit der richtigen Portion Distanz betrachtet, kam Sina der gestrige Abend reichlich blödsinnig vor. Vor allem ihr eigenes eingeschnapptes Verhalten. Sie hatte sich aufgeführt wie eine angegraute Spinatwachtel.

Verstimmt erschien sie in der Kanzlei und verschanzte sich in ihrem Zimmer. Das war exakt die richtige Stimmung, um gleich in aller Frühe bei der Staatsanwaltschaft anzurufen. An manchen Tagen stand Sina V. Teufel auf mittlere Selbstbestrafungsrituale. Allerdings nur, wenn sie gleichzeitig damit einem anderen auch eins verpassen konnte.

Herr Sonner klang gehetzt, als sie ihn an der Strippe hatte. In seinem Schuhschachtel-Büro hatte das Thermometer wahrscheinlich schon jetzt schwindelnde Höhen erreicht. Oder er war direkt vom Court in die Arnulfstraße gesprintet, um eiligst ein paar Akten durchzusehen, bevor es ihn wieder auf den roten Platz zog.

Er gab sich knapp, aber nicht unfreundlich.

Ja, das Schreiben der Damen Lier habe er erhalten. Läge bei den Akten.

Nein, es sei nicht nötig, sie mündlich zu vernehmen. Jedenfalls nicht zum jetzigen Zeitpunkt. Man habe ja Namen und Anschrift.

Eine leichte Säuernis war ihm gegen Ende des Telefonats anzumerken, und Sina fühlte sich gleich ein bißchen besser.

Wulfius war aus der Schußlinie. Staatsanwalt Sonner schien jegliches Interesse an Familie von Rheinstahl verloren zu haben.

Sie schaute nach draußen, wo der Sommer prangte.

Na klar. Prima Tennis-Wetter.

Ganz anders Hauptkommissar Franz Hacker. Auch er war über das plötzlich aufgetauchte Alibi bereits unterrichtet. Aber weit davon entfernt, einfach aufzugeben.

An diesem traumhaften Junimorgen stieg er in seinen Dienst-Opel, um bei Frau von Rheinstahl persönlich vorbeizuschauen. Ohne sein Team. Das brauchte er dazu nicht. Er war kein großer Freund von langwierigen Anmeldungen, die die Sache oftmals schwierig und umständlich machten. Sein Gefühl war, daß sie zu Hause sein würde.

Hacker platzte mitten in ein Stilleben mit aufblasbarem Plantschbecken, Eis am Stiel, kreischenden Nackedeis und winzigen Katzen, die eiligst das Weite suchten.

Der Camp-Spuk schien vorbei. Alles sah ordentlich und halbwegs aufgeräumt aus, sah man einmal von buntem Plastikspielzeug ab, über das er beinahe gestolpert wäre. Nur ein paar verkohlte Rasenstücke erinnerten an den Abend von Sabas Heimgang.

»Haben Sie einen Moment Zeit für mich?«

Rita machte keine Anstalten, sich etwas über ihren knappen Bikini zu streifen. Mußte sie auch nicht. Frau von Rheinstahl konnte durchaus vorzeigen, was sie zu bieten hatte. Sogar ihr Schwangerschaftsbäuchlein war braun und erfreulich.

»Bitte.« Sie klang nicht gerade begeistert.

Hacker ging gleich in die Vollen.

»Warum haben Sie eigentlich mit Ihrer Aussage Ihren Mann so schwer belastet, Frau von Rheinstahl? Und dies, obwohl Sie wußten, daß er ein einwandfreies Alibi hatte?«

»Wußte ich keineswegs«, sagte sie langsam. »Wir führen eine offene Ehe, wenn Sie wissen, was ich damit meine. Ich bin nicht meines Mannes Hüterin.« Ihr Ton wurde kühler. »Immerhin hatte er Saba bedroht. Und als der plötzlich tot in der Wanne lag, muß ich wohl die Nerven verloren haben.« Sie wirkte sehr gefaßt dabei.

»Könnte es sich unter Umständen um eine Ablenkung handeln?« Hacker rückte auf Tuchfühlung und sah, wie sich die kleinen Brüste unter den himmelblauen Dreiecken hoben und senkten. Er schwitzte. Er hoffte, daß sein Deo durchhalten würde.

»Haben Sie etwas zu verbergen, Frau von Rheinstahl?« fragte er eindringlich.

»Das ist nun wirklich zuviel! Ich muß schon bitten!«

Sie sprang auf, so behende, daß ihr Oberteil verrutschte. Jetzt hatte er wirklich Grund, Stielaugen zu machen.

»Muß ich mir das gefallen lassen? Sie kommen einfach hierher, ohne Anmeldung, und quälen mich mit Ihren Fragen. Sehen Sie nicht, daß ich schwanger bin? Dürfen Sie das eigentlich ohne weiteres?«

»Haben Sie diesen Brief erhalten?« Hacker hielt ein mehrfach gefaltetes Papier in der Hand. »Kennen Sie dieses Schreiben?«

Rita kam widerstrebend näher. Er konnte ihr Parfum riechen, das mit dem schwachen Nachhall von Sonnenöl auf ihrer Haut eine appetitanregende Duftmischung eingegangen war. Dunkel, schmal und sexy. Sie war exakt sein Typ. Das hatte er damals in Strickjacke und Leinenrock gar nicht so feststellen können.

Von Rheinstahl war in seinen Augen ein ausgemachter Vollidiot. So ein Weib ließ man nicht aus den Fängen.

»Das ist Sabas Einladungsschreiben«, sagte sie erstaunt, »für das Erleuchtungscamp. Ja, sicher, das haben doch alle bekommen.«

»Darin spielt er unverblümt auf einen Mord an.«

»Ach, *das* meinen Sie.« Beim Lächeln zeigte sie viel rosiges Zahnfleisch und spitze, kleine Zähne.

»Das bezieht sich doch nur auf ein früheres Leben«, sagte sie ein wenig oberlehrerinnenhaft. »Für die, die überzeugt sind, daß wir mehrmals geboren werden.« Sie faßte Hacker fest ins Auge.

»Glauben Sie an Reinkarnation, Herr Hauptkommissar?«

»Ich bin Katholik«, wich er aus. »Praktizierender.«

»Ach so, das erklärt manches. Einen Eistee vielleicht? Um trotz Hitze konzentriert arbeiten zu können?«

Wer wollte solch einem Angebot widerstehen? Nicht einmal Hauptkommissar Hacker.

Nicht an diesem Junimorgen.

Keine zwei Stunden später war L. L. bereits in allen Details über die Sachlage informiert. Kommissar rückt hilfloser junger Mutter auf die Bude, um sie zu verhören – nicht auszudenken!

Erst nach einem halbstündigen Telefonat war es ihm geglückt, Rita wieder abzuwimmeln. Ebenfalls telefonisch schüttete er Sina sein Herz aus.

»Jetzt weiß ich, was du mit ›nicht ganz einfach‹ gemeint hast.« Sein Seufzen war bühnenreif.

»Was meinst du, blüht mir noch alles? Muß ich in Bälde auch Frau Baronin-Mutter meine Aufwartung machen?«

»Bleib ganz natürlich«, erwiderte Sina spöttisch. »Dann bist du am überzeugendsten.«

Aber nicht einmal Louis schaffte es, ihre Laune zu heben. Es war ein Tag, an dem sie sich über alles ärgern konnte.

Daß Anke die Mittagspause schon wieder um eine halbe Stunde überzog. Daß Tilly ihren John während der Arbeitszeit ganz ungeniert zum vierten Mal anrief. Daß Marina nach zwei Jahren die Akten noch immer schusselig in den Schrank hing und sie ihr beim ersten Ziehen stapelweise entgegenpolterten.

Daß Hanne sich wiederholt nach Marcus erkundigt hatte. Geradezu penetrant, wie Sina fand.

Sogar auf Carlo war sie nicht gut zu sprechen. Der Kerl war überhaupt nicht mehr ans Telefon zu bekommen. Seine Crew blockte ihn nach außen hermetisch ab.

Er arbeite. Na gut, aber doch nicht vierundzwanzig Stunden ohne Unterbrechung!

Carlo van Rees bekam ordentlich was ab, als er sich schließlich am späteren Nachmittag doch telefonisch bei ihr meldete. Er ließ sie erst einmal ein paar Takte schimpfen.

»Wo steckt sie eigentlich, diese Isis?« unterbrach Sina auf einmal ihre Tiraden, irritiert über seine ungewöhnliche Schweigsamkeit. »Noch immer in deiner Praxis? Muß ja mächtig spannend sein, daß man gar nichts mehr von dir sieht und hört!«

»Das kann man wohl sagen«, antwortete er, so zögernd, als wäge er jedes einzelne Wort ab. »Zumindest ist sie inzwischen an einem sicheren Ort untergebracht. Es ist besser, wenn nicht einmal du weißt, wo.«

»Wozu auf einmal diese Geheimniskrämerei?« wollte sie wissen. »Ist denn mittlerweile etwas herausgekommen?«

»*Viele Dinge* sind herausgekommen, Sina«, erwiderte Carlo sehr ernst. »Die meisten davon sind allerdings sehr unerfreulich. Das ist vielleicht ein Verein, dein *Himmelfahrt e V.*, das kann ich dir sagen! Isis ist beileibe nicht die einzige, die Probleme hat. Das ist eine Ansammlung von Instabilen, die nicht gerade zimperlich untereinander und mit anderen umgehen. Und das ist beinahe noch das Freundlichste, was man von ihnen behaupten kann.«

»Und weiter?« fragte sie gespannt. »Ist das schon alles? Kannst du nicht ein bißchen mehr ausspucken, Carlo?«

»Ich könnte dir ganze Bücherwände voll erzählen«, sagte

er. »Da besteht keineswegs die große Harmonie innerhalb der Gruppe, wie die Turteltäubchen sie nach außen so friedlich verkörpert haben. Nach innen gibt es Hauen und Stechen, eine Kollision vollkommen unterschiedlicher Interessen. Jeder hat das Gefühl, zu kurz gekommen zu sein. Die eine mit einer geplanten Praxis, die andere mit ihrer Kunst, aus der nichts Rechtes werden wollte, der dritte mit Steinen, die er heimlich zu verkaufen versucht. Gekränkte Eitelkeiten, mißachtete Gefühle, viel, viel Neid und Eifersucht. Harsche Machtkämpfe im zweiten Glied. Und so weiter. Aber immer unterm Deckel gehalten, damit nur nichts rauskommt. Wohin du schaust, überall verpatzte Karrieren, geplatzte Träume. Weil nichts ging, mußten sie eben Jünger bleiben. Der einzige, der wirklich satt beim Absahnen war, war Saba. Der konnte sich nach Herzenslust ausleben.«

»Gibt es etwas, womit ich ihnen so richtig ans Leder kann?« bohrte Sina weiter, die sich eifrig Notizen gemacht hatte. »Familie von Rheinstahl habe ich wieder soweit im gemeinsamen Boot, daß Wulfius und Rita keine großen Zikken mehr machen.«

»Aus der Szene hört man, daß sie große wirtschaftliche Schwierigkeiten haben sollen. Wahrscheinlich falsch kalkuliert. Die Massen bleiben aus, das Geld wird knapp. Bei Leuten dieses Kalibers dürfte das sicherlich zur weiteren Instabilität beitragen.«

»Du weichst mir aus, oder täusche ich mich? Dabei schwebt mir schon eine elegante Fallösung vor, auf die mich Kollege Louis Levin gebracht hat. Dazu brauche ich allerdings deine fachliche Unterstützung.«

Sie hielt inne, überlegte, bevor sie weitersprudelte. »Lassen wir mal die ›Erleuchteten‹ beiseite. Deine Patientin Isis ist doch derzeit, wie man als Laie sagen würde, ganz ordentlich von der Rolle?«

»Das kann man wohl sagen«, entgegnete Carlo. »Ich denke,

daß sie um einen Klinikaufenthalt nicht herumkommt. Und um eine gründliche, sicher langjährige Therapie im Anschluß. Alles Dinge, die nicht gerade billig sind. Sie leidet an etwas, das du dir am ehesten als eine Art psychotischen Schub vorstellen könntest. Ihre Wahrnehmung ist extrem beeinträchtigt. Sie kann vielfach nicht mehr zwischen Phantasie und Realität unterscheiden. Einer sehr angstvoll besetzten Realität, voller Alpträume.«

»Was heißt das übersetzt für eine in Psychodingen unbeschlagene Juristin?« fragte Sina. »Du weißt, unsere Zunft hat es am liebsten ganz einfach.«

»Ihr würdet ihren Zustand wohl als ›nicht geschäftsfähig‹ bezeichnen«, sagte Carlo. »Ist es das, was du wissen wolltest?«

»Beinahe.« Wie eine Jägerin hatte Sina die Spur aufgenommen. Sogar das Qualmen hatte sie vergessen, so heiß war die Fährte.

»Meinst du, Regina Beauvais ist bereits länger in dieser schlechten Verfassung? Etwa schon seit ein paar Wochen? Um genau zu sein: War sie es auch schon zum Zeitpunkt der Schenkung Mitte Mai?«

»Schwierig, auf seriöse Art darauf zu antworten«, meinte Carlo. »Sicherlich haben die Ereignisse um Sabas Tod ihre Krise begünstigt, wenn nicht gar ausgelöst. Eine Disposition dazu war sicherlich schon sehr viel länger in der jungen Frau vorhanden. Das kann ich dir bestätigen, ohne meine therapeutische Schweigepflicht zu verletzen.«

Er schien sich einen innerlichen Ruck zu geben. »Ich finde es gut, daß du diesen Verein dranbekommen willst. Sie haben so viel Dreck am Stecken, da reicht ein ganzer Wald nicht aus. Ich an deiner Stelle würde ein paar Mal ordentlich mit meinem juristischen Geschirr klappern. Es braucht nicht viel, um sie zu erschrecken. Deute doch einfach mal an, daß eines ihrer Mitglieder unter Umständen zum Plaudern bereit wäre. Ich kann mir vorstellen, daß das bereits genug ist. Ja, ich glaube, Isis ist schon länger geschäftsunfähig«, sagte er mit veränderter Stimme. »Und schuldunfähig ist sie obendrein. Vollkommen schuldunfähig, meiner Ansicht nach.«

Beide schwiegen einen Augenblick.

»Du klingst so verdammt bedeutungsschwanger«, sagte Sina dann. »Ist es etwas zum Mitschreiben, was ich soeben gehört habe?«

Sie wedelte Anke aus der Türe, die mit irgendwelchen Unterschriftsmappen stören wollte.

»Ja, das ist es«, sagte Carlo. »Das ist es wirklich.« Er hüstelte. »Sie haben das Mädchen mißbraucht, verstehst du? Auf gemeinste Weise zu ihren Zwecken mißbraucht.«

Sie ließ seine Worte eine ganze Zeit auf sich wirken. Dann erledigte sie die fälligen Unterschriften, diskutierte mit Hanne noch einen schwierigeren Fall, bei dem ein Ehepaar Steuerhinterziehung durch verdeckte Gewinnentnahme versucht hatte, und trank Unmassen von Kaffee. Die ganze Zeit über verdichteten sich die schwebenden Gedankenfetzen in ihrem Schädel mehr und mehr zu einer Idee.

Als es auf halb sieben zuging, war sie soweit. Zu ihrer Überraschung war L. L. noch im Büro und sofort selbst am Apparat.

»Ich hab die Lösung, Louis«, sagte sie. »Ich glaube, sie wird dir gefallen.«

»Na denn mal los!«

Zweimal grunzte er kurz zwischendrin, wie immer, wenn etwas seine besondere Billigung fand.

»Prima«, sagte er, als sie geendet hatte. »So könnte es hinhauen. Ich bin auf alle Fälle dabei. Wann soll die charmante Veranstaltung denn steigen?«

»So bald wie möglich«, sagte Sina. »Allerspätestens Anfang nächster Woche. Wenn ich die ganzen Herrschaften beisammen habe.«

»Einen Tip noch«, entgegnete Louis. »Ich würde deinen Dr. Wolinski für alle Fälle im Nebenzimmer deponieren. Damit du ihn wie den großen Zampano im richtigen Augenblick aus dem Kaffeewärmer ziehen kannst. So etwas macht sich immer ungeheuer gut. Und keiner der unsicheren Kandidaten kann in letzter Sekunde die Fliege machen.«

»Du bist einfach Spitze, L. L.!« rief sie begeistert.

»Ich weiß«, sagte er bescheiden. »Du bist übrigens auch nicht schlecht. Aber was machen wir, Sina, daß es auch der Rest der Menschheit rechtzeitig erfährt – und uns anständig für unsere Genialität bezahlt?«

17

Erleuchtungstagebuch, Gundula
18. Juni

Im Märchen sind die Seher immer blind. Wahrscheinlich leide ich deshalb seit Tagen an einer schlimmen Bindehautentzündung. Meine Lider sind schwer, meine Augen rot und verquollen.

Ich spüre, wie der Abgrund unaufhaltsam auf uns zu rast. Aber ich renne nicht weg.

Wozu auch?

Er würde mich überall einholen.

Ich ducke mich lieber und erwarte den freien Fall ins Nichts.

Jeden einzelnen Augenblick.

Eine seltsam süße Lethargie hat Besitz von mir ergriffen. Seltsam, wo ich früher doch der Wirbelwind vom Dienst war! Aber seitdem Saba nicht mehr bei uns ist, mag ich gar nichts mehr anfassen. Meine Seidentücher verstauben in einer Ecke, die Staffelei mit Seinem Porträt in der anderen. Die Plakate hätten schon vor Tagen aus der Druckerei abgeholt gehört. Ich kann keinen Pinsel mehr halten, rühre keine Farbe an.

Was sollte ich auf die Leinwand bringen?

Leer ist es in mir, so unendlich leer! Ob sich so das Nirvana anfühlt?

Ich fürchte mich vor dem Wasser. Ich will nicht enden wie Er. Überall lauern Gefahren, das weiß ich genau. Sie sind hinter mir her, weil sie spüren, daß ich aufgegeben habe. Daß ich bereit bin, aufzustecken und mich zu ergeben.

Seit Tagen habe ich keine Kraft mehr, mich zu waschen oder mein Kleid zu wechseln. Meine Hände sind schmutzig, dreckverkrustet von der Gartenarbeit. Das ist das einzige, was ich noch bewerkstelligen kann.

Wie ein Tier hocke ich in meiner Ecke, nehme Witterung auf mit meinem eigenen Schweiß, der von Tag zu Tag ein bißchen strenger riecht. Das ist meine Art zu trauern. Über Saba. Über uns. Über mich selbst.

Seitdem das Unfaßbare geschehen ist, sind die Gesetze unserer Welt außer Kraft gesetzt. Plötzlich hat das Glück uns verlassen, auf eine radikale, kaum vorstellbare Weise.

Es ist, als wären wir aus dem Schoß des Kosmos gefallen und hart, sehr hart, auf dem Boden gelandet.

Ich habe überall Schmerzen. Es gibt keine Linderung.

Zum Nichtstun bin ich jetzt verdammt, zum Ausharren und Warten. Ich bin die, die sieht. Auch wenn keiner es mir glaubt.

Ich weiß, daß es bald vorbei ist mit uns. Sehr, sehr bald.

Sie können mich nicht täuschen mit ihrer aufgesetzten Aktivität, die zu nichts mehr führt.

Wahrscheinlich beneiden sie mich um mein Stillsein, während sie noch herumschwirren und vergeblich versuchen, die Scherben unserer Vision Stück für Stück aufzuklauben.

Sie finden nichts, weil es uns gar nicht mehr gibt.

Wir waren nichts als Seine Idee.

In diesem einen, diesem wichtigen Punkt haben wir uns grausam getäuscht.

Wir sind nichts ohne Ihn.

Wir haben keinerlei Identität mehr. Kein einziger von uns. Nicht, weil Er sie uns geraubt hätte.

Sondern weil wir sie Ihm geopfert haben. Zu Füßen gelegt aus freien Stücken.

Und Er hat sie mitgenommen in seiner kalten, nassen Badewanne. Für immer.

Ich spüre, daß Er nicht mehr warm werden konnte. Nicht einmal mehr im Feuer, das Seinen Leib zu Asche verbrannt hat.

Ich bin unvergänglich, hat Er uns immer gepredigt. Und nun liegen Seine Krümel in einer kleinen Urne, irgendwo.

Ich will es mir gar nicht vorstellen. Jetzt, wo alles vorbei ist.

Aber manchmal, in meinen Träumen, da sehe ich es bereits. Ich kann seinen brandigen Atem schmecken. Den Geruch, die Kraft des großen Feuers, das uns alle reinigen wird, weil uns sonst nichts mehr reinigen kann. Es läßt seine Flammen zum Himmel steigen, der in meinen Träumen immer klar ist, es knistert und knackt.

In ihm werden wir alle verbrennen.

Und unsere Sünden mit uns.

Für alle Fälle habe ich den Benzinkanister in der Garage aufgefüllt und schon mal in den Keller gebracht. Es ist ein heißer, trockener Sommer dieses Jahr. Seit Wochen hat es nicht mehr geregnet.

Aber wer weiß, ob das allein genügen wird?

18

Das absolute Aus für John.

Diesmal war er entschieden zu weit gegangen.

Wieder im Pferderennen eine ordentliche Stange Geld verspielt. Dann die Nerven verloren, als sie ihn empört zur Rechenschaft ziehen wollte. Zu alledem hatte er anschließend versucht, ihr eins überzubraten. Das Ganze hatte sich am Morgen abgespielt, kurz bevor Tilly Malorny ins Büro mußte. Prompt hatte sie ihre Lesebrille vergessen und die falsche Handtasche mitgenommen, so außer sich war sie gewesen.

Diesmal *würde* sie sich von John scheiden lassen, das stand unumstößlich fest. Sicherer noch als das Amen in der Kirche.

Sie wirkte so überzeugend verzweifelt, daß die anderen in der Kanzlei ihr beinahe auf den Leim gegangen wären. Vergeblich erbot Anke sich, frische Butterbrezen zu holen. Marina wäre sogar bereit gewesen, eigenhändig die noch ausstehenden Akten im Computer anzulegen.

Alle Mühen umsonst.

Wie das Elend in Person schniefte Tilly gebrochenen Herzens hinter ihrem Schreibtisch und war durch nichts und niemanden in ihrem Schmerz zu beruhigen.

»Werfen Sie mich am besten auch gleich raus!« rief sie und weinte Fluten von Mascaratränen, als Hanne Bromberger und Sina Teufel sich gegen Mittag dezent nach den Posteingängen erkundigten.

»Nur zu! Am besten noch heute! Dann kann ich mich gleich von der Brücke stürzen! Ist ohnehin alles egal!«

Ein neuer, heftiger Weinanfall folgte. Stöße von Kuverts kamen bedenklich ins Trudeln.

Die Anwältinnen tauschten einen kurzen Blick und seufzten noch einmal tief, bevor sie sich an das Abenteuer der Tröstungsarbeit machten. Tilly, ihre erklärte Perle, zu behalten – und in einigermaßen guter Verfassung noch dazu –, setzte manchmal eine gewisse Flexibilität in terminlichen und anderen Dingen voraus.

Auch in diesem Problemfeld waren sie inzwischen ein eingespieltes Team. Rational vorzugehen, nach logischen Gründen und exakten Vorfällen zu fragen, brachte, das hatte die Erfahrung gezeigt, nicht das geringste. Sie hatten viel ausprobieren müssen, bevor ihr Duo von Frau Gut und Frau Böse perfekt entwickelt war. Etwas Besseres, um Tilly schnell wieder auf die Reihe zu bringen, mußte erst noch erfunden werden.

Deshalb wedelte Sina mit der gewissen Karteikarte einladend vor ihrer Nase.

»Da gibt es immer noch diese phantastische Scheidungsanwältin in Harlaching, Tilly, Sie wissen ja«, sagte sie als Frau Böse. »Ein Anruf, wenn Sie wollen, und sie übernimmt Ihren Fall.«

Zeit für Frau Gut, alias Hanne.

»Ich finde nicht, daß man immer gleich Anwälte bemühen muß, bei ein paar normalen Eheproblemen. Vielleicht sieht das Ganze schlimmer aus, als es wirklich ist.«

Das Schluchzen war leiser geworden; Tilly sah zum ersten Mal auf.

»Ich finde es so süß, daß Sie sich beide um mich kümmern«, brachte sie stoßweise hervor. »Das verdient dieser Kerl gar nicht!«

»Das finde ich auch«, stieg Sina auf den fahrenden Zug mit auf. »Zum Teufel sollten Sie ihn endlich schicken und sich ein schönes Leben machen!«

»Vielleicht tut es ihm schon wieder leid«, versuchte Hanne tapfer ihr Glück. »Sie wissen doch, wie temperamentvoll er ist. Eben ein echter Ire.«

Sie hatte eine ganze Zeit gebraucht, um sich mit der Rolle von Frau Gut anzufreunden. Mittlerweile aber beherrschte sie sie im Schlaf.

»Meinen Sie?« Tilly Malorny griff erleichtert nach der Kleenexpackung und Hannes Rettungsanker. »Meinen Sie wirklich?«

»Ach, du liebe Güte, jetzt geht das wieder an«, hatte Sina ihren Einsatz. »Ich kann es kaum mehr mit anhören, so langweilig finde ich es!«

Marina König und Anke Frey beobachteten die Szene von ihren Schreibtischen aus, sozusagen von der Reservebank. Als »Mannschaft« waren sie noch kurz zuvor bei der Verzweifelten auf Granit gestoßen.

Keine Frage. Tilly konnte schließlich Anspruch auf die beiden Trainerinnen erheben, um wieder fit zu werden.

»Das ist nur, weil *Sie* so schlechte Erfahrungen mit Männern gemacht haben!«

Da war sie, die erste Aggression, ein eindeutig positives Anzeichen!

Tilly putzte sich entschieden die Nase. »Aber es sind nicht alle Männer gleich! Mein John ist anders – wenn er auch seine Fehler hat! Und die nicht zu knapp.«

Sie klappte die Puderdose auf und versuchte, die Spuren schlimmster Zerstörung in ihrem Gesicht zu beseitigen.

»Daß ich mich jedesmal wieder so aufregen muß!« murmelte sie. »Dabei liebe ich diesen Kerl! Ich bin halt so! Ich kann nicht anders.«

»Geht es wieder besser?« fragte Hanne anteilnehmend. »Oder wollen Sie sich lieber ein bißchen im Bibliothekszimmer ausruhen?«

»Ausruhen – ha! Ich platze geradezu vor Energie!«

Sie deutete theatralisch auf ihren Schreibtisch, der gewisse Ähnlichkeit mit einem Schlachtfeld besaß.

»Den ganzen Vormittag verweint – wann, meinen Sie, soll ich meine Arbeit erledigen? Nachts vielleicht? Da habe ich anderes zu tun! Ihre Karteikarte können Sie übrigens wieder einstecken«, sagte sie ein wenig spitz in Sinas Richtung. »Man könnte fast meinen, Sie wären versessen auf Scheidungen.«

»Bin ich nicht, keineswegs«, versicherte Sina. »Nur für alle Fälle. Wenn es doch einmal ernst wird bei Ihnen. Ganz ernst, meine ich«, setzte sie schnell hinzu, bevor sie eiligst wieder in ihrem Büro verschwand.

Man kann nur hoffen, daß damit der monatliche Tröstungsbedarf gedeckt ist, dachte sie leicht erschöpft und griff erneut zum Diktiergerät.

Zum Glück hatte sie Tillys Auswanderungsversuch nach Irland noch bestens im Gedächtnis. Sechs grauenhafte Monate, in denen Hanne und sie mit wechselnden Damen an der Kanzleifront von einer organisatorischen Katastrophe in die nächste getaumelt waren.

Was war dagegen ein bißchen Rollenspiel am späten Vormittag?

Daß es sie doch ziemlich viel Energie gekostet hatte, merkte sie an ihrer inneren Unruhe, die immer stärker wurde. Sie warf einen Blick aus dem Fenster, wo eine unverschämt strahlende Sonne lockte, und entschloß sich zu einem kleinen Ausflug ins *Café Annast*. Die paar Schritte runter zum Odeonsplatz würden ihr helfen, den Kopf auszulüften. Und dann – in Ermangelung anderer nahegelegener Fluchtorte – einfach ein bißchen im Freien sitzen und in die Sonne blinzeln!

Hanne war über Mittag anderweitig unterwegs, deshalb hinterließ sie eine kurze Botschaft im Sekretariat, wo Tilly schon wieder eifrig vorm Computer saß. Umringt von Magerjoghurtbechern, Diätknäcke und fettarmen Käseecken, schien sie soweit mit ihrem Dasein versöhnt, daß sie ihr sogar ein angedeutetes Lächeln gönnte.

Sina schloß die Kanzleitüre. Das Lächeln auf ihrem Gesicht erfror, als sie die Gestalt bemerkte, die sich langsam vom unteren Treppenabsatz erhob.

»Da bist du, Gesine«, sagte Harry und kam auf sie zu. »Ich wußte es doch. Einmal mußtest du ja dein verdammtes Mauseloch verlassen. Schlaue Kater kriegen eben doch den Speck!«

Wenigstens schien er nüchtern zu sein. Wenn auch noch nicht besonders lange.

Er war ungewöhnlich nachlässig angezogen, mit zerknitterter blauer Leinenhose und einem grünlichen Hemd, das Schweißflecken zeigte. Sein Haar war matt und verfilzt, die Rasur bestenfalls angedeutet. Sie hatte sofort den verräterischen Duft nach Hustenpastillen in der Nase, die wie früher seine Alkoholausdünstung kaschieren sollten.

»Bald hast du es geschafft, Harry«, sagte sie beim Hinuntergehen. »Dauert bestimmt nicht mehr lange. Dann bist du wirklich am Ende. Es scheint dir richtig Spaß zu machen, konsequent darauf hinzuarbeiten.«

Er ließ sich nicht abwimmeln. Hielt sich tapfer an ihrer Seite, obwohl sie einen rasanten Schritt angeschlagen hatte. Wenigstens hielt er unterwegs den Mund.

Es tat ihr weh, ihn so zu sehen. Sina beschränkte sich auf kleine Seitenblicke, unbemerkt, wie sie hoffte. Sein Gang hatte etwas Unsicheres, seine Schultern wirkten zusammengesackt. Sein Nacken war breit und schwerfällig geworden.

Langsam stieg die altbekannte Wut wieder in ihr hoch.

Verdammter Suffkopf, dachte sie. Alle deine Gaben und Talente einfach in Whiskey zu ersaufen! Zusammen hätten wir es vielleicht geschafft. Aber nicht mit deinen Lügengeschichten.

»Mach es kurz, wenn es schon unbedingt sein muß«, sagte

sie, als sie nach längerer Suche vor dem Café einen freien Tisch ergattert hatten. Er nahm Pernod, sie bestellte sich Cappuccino und Käsetoast.

»Ich habe weder Zeit noch Lust auf große Opern. Außerdem kann ich es auf den Tod nicht ausstehen, wenn man mir auflauert.«

Er sah sie mit einem merkwürdigen Hundeblick von schräg seitlich an, den sie kaum ertragen konnte. Nagende Ungeduld begann in Sina zu keimen.

»War meine einzige Chance«, murmelte er. »Du wolltest es ja nicht anders.«

Und dann, endlich, kam er mit seiner Sache heraus.

Sie hörte ihm zu, schweigend, trank ihren Kaffee, ließ den Toast unberührt, rauchte.

»Das ist es also«, sagte sie, als er endlich fertig war. »Deshalb der ganze aufgeblasene Gefühlszirkus. Hättest du wirklich einfacher haben können. Und billiger vermutlich.«

»Du verstehst wieder mal überhaupt nichts«, erwiderte er heftig. »Nicht einmal ein bißchen Mühe gibst du dir. Du kannst nur eins: Männer psychisch kastrieren. Ich bin sicherlich nicht der einzige, den du auf diese Weise fertig machst. Aber paß auf, meine Liebe, man sieht es dir schon an. Gewisse verräterische Linien in deinem Gesicht, neben dem Mund, an der Stirn. Noch ein paar Jährchen weiter, und dann . . .«

Er endete mit einer seiner unbestimmten Gesten, die so unverwechselbar für Harry waren.

Jetzt war Sina richtig sauer.

»Noch immer gut austeilen, und am liebsten feste unter die Gürtellinie, was? Zieh nur einen Flunsch, weil ich dir deinen Karren nicht begeistert aus dem Dreck hole«, sagte sie, äußerlich ruhig und ungerührt.

»Ein offensichtlich geklautes Bild weiterzuverkaufen, Mensch, Harry, du bist doch wirklich kein Anfänger mehr! Das ist der Tatbestand der Hehlerei, da hilft es nichts, auf naiv und gutgläubig zu machen – besondere Umstände hin oder her!«

»Und ich dachte, du würdest mir helfen«, sagte er leise. »Wer denn, wenn nicht du? Immerhin waren wir mal ein Paar.«

»Das ist zum Glück lange vorbei.«

Sie war laut geworden. Die ersten aufgemotzten Gäste von den Nebentischen spitzten neugierig die Ohren. Sina behielt ihren forschen Ton dennoch bei.

»Damals hast du auch schon Geschichten aus Tausend und einer Nacht erzählt. Aber immerhin noch bessere. Die Story, die du mir da auftischen willst, stinkt an allen Enden. Jetzt ist die schöne Kohle auch noch weg, die du für das Bild bekommen hast – wirklich tragisch!«

»Heißt das, du läßt mich im Stich?«

Er brachte es tatsächlich fertig, im richtigen Moment mit der Unterlippe zu zittern. Zutiefst verletzt, wie ein kleiner Junge.

»Ich hab die Nase voll von dir, ein für allemal, das heißt es!«

Sina stand auf, legte einen Schein und ein paar Münzen auf den Tisch und packte ihre Tasche.

»Als Mann. Als Geschäftspartner. Als Freund. Und als Mandant erst recht. Ich mag weder deine Art noch deine Methoden, Harry. Damals nicht und heute noch weniger.«

Mittlerweile folgte das gesamte Straßencafé gespannt dem Ausgang ihrer Auseinandersetzung. Drama in der Mittagspause. Open air und frei Haus geliefert.

Sina warf ihren Kopf zurück. Sollten sie kriegen, worauf sie scharf waren!

»Bei mir hilft kein Schampus und kein Säuseln, das müßtest du mittlerweile wissen. Ich mag es klar und ehrlich und ohne Leichen im Schrank, die rausfallen, wenn man nur mal leise an der Türe klappert. Hättest du dich einigermaßen zivilisiert aufgeführt, ohne das Theater von der großen Versöhnung, das mich nur genervt hat – dann vielleicht. Ein klares, offenes Wort, wenn du überhaupt weißt, was das ist. So aber – alles Gute, mein Alter! Such dir eine neue Sozialstation! Du wirst sie dringend brauchen.«

Blöderweise zitterten ihre Beine, als sie wieder allein im Hausgang stand. Ihr Puls ging schnell. Er konnte sie noch immer ganz innen berühren, da, wo sie seitdem niemanden mehr hingelassen hatte. Sie atmete mehrere Male tief ein und aus. Plötzlich kam Sina der alte, auf edel getrimmte Bau aus den fünfziger Jahren wie eine Oase der Sicherheit vor. Gegen ihre sonstige Gewohnheit nahm sie den Lift nach oben, nicht die Treppe.

Flucht nach vorn war ihre einzige Rettung gewesen. Buchstäblich in letzter Minute.

Selbst als Männer-Feindbild ging Harry ihr noch immer tiefer unter die Haut, als ihr lieb sein konnte.

Ob das niemals aufhören würde?

Sie rauchte, um ruhiger zu werden, und spürte als plötzliches Alarmsignal einen heißen, kurzen Schmerz im Magen. Nicht nur der entgangene Käsetoast hatte begonnen, sie zu malträtieren. Bleischwer machte sich dort auch die Versammlung breit, die für heute nachmittag um siebzehn Uhr anberaumt war.

Da war wieder jenes flache, allumfassende Gefühl, das sie immer dann überfiel, wenn sie besonders gut sein wollte. Sie durfte sich heute keinen Fehler leisten.

Viel heiße Luft hatte sie in der Hinterhand, das war alles. Nicht gerade ihre bevorzugte Ausgangsposition für schwierige Verhandlungen.

Die Teilnehmerliste war längst fertig: Ehepaar von Rheinstahl, L. L. und die verbliebenen Gründungsmitglieder des Vereins *Himmelfahrt e. V.*: Elisabeth Bauer, genannt Madra; Ina Kolinski, die nun Otera hieß; Roberto alias Robert Haffner; Denise Pottmann, das war Pradhina, und Claudia Hart war Sarja. Jetzt fehlten nur noch Indra Savanna, im wirklichen Leben eine schlichte Ingrid Kratzer, und Gundula, die auf den Namen Eva Bauer getauft worden war.

Ob sie tatsächlich mit allen rechnen konnte?

Dann dachte sie an das gereizte Telefonat, das sie dieser Tage nach der schriftlichen Einladung mit Madra geführt hatte, und war wieder zuversichtlicher.

Carlo hatte recht gehabt. Ein paar Andeutungen ihrerseits, sehr vage, nichts Besonderes, und die Stimme am anderen Ende hatte deutlich nervöser geklungen. Mit einer hübschen Portion unterschwelliger Aggressivität.

Himmelfahrt e. V. schien offensichtlich in einer schwierigen Situation zu sein. Nach außen und innen. Vor allem kamen sie ohne einen neuen Vorsitzenden nicht an das verbliebene Vermögen. Für dessen Wahl aber brauchten sie Isis.

Und wo die war, wußte, klug wie Carlo es eingerichtet hatte, nicht einmal Sina selbst. Sie konnte Madra allerdings eine feste Zusage machen. Regina Beauvais, in bestimmten Kreisen als Isis bekannt, würde bei dem Treffen erscheinen. Daß Carlo van Rees sie keinen Augenblick aus den Augen lassen würde, behielt sie vorerst für sich.

»Ist das wirklich sicher?« Madra schien nach Luft zu schnappen.

»Ja, das kann ich Ihnen zusagen.«

»Gut, dann kommen wir. Alle Gründungsmitglieder. Aber ich warne Sie! Versuchen Sie nicht, uns reinzulegen!«

Genau das hatte sie vor. Angespannt wie ein Akrobat vor dem Hochseilakt wartete sie, den unsichtbaren Taktstock immer wieder in der Hand. Zum Beispiel, um Dr. Wolinski, den Notar, im richtigen Moment zu präsentieren. Sie konnte nur hoffen, daß er pünktlich sein würde.

Sina sah auf ihre Uhr. Halb fünf.

»Ich lasse die Verbindungstür ein Stückchen offen, wenn du magst«, schlug Hanne vor, die ihren Plan kannte und Sinas steigende Nervosität spürte.

»Ein gefangener Panther ist nichts gegen dich. Willst du dich nicht wenigstens einen Moment vorher ruhig hinsetzen?«

»Wird schon gutgehen«, murmelte Sina, ohne hinzuhören. »Hoffe ich wenigstens.«

Sie zuckte zusammen, als die Klingel ging. Anke, die freiwillig länger blieb, öffnete.

Carlo van Rees war gekommen, zusammen mit einer sehr blassen, sehr müde aussehenden Isis. Man sah sofort, daß es der jungen Frau ausgesprochen schlecht gehen mußte.

Ihr dunkles Haar zipfelte glanzlos, ihr Teint zeigte einen ungesunden Grünstich. Sie war zum Erbarmen dünn, mit winzigen, mageren Ärmchen, die aus den weiten Armlöchern des Kleides wie Stöckchen herausschauten.

Sie trug kein Weiß. Diese Phase hatte sie offensichtlich abgeschlossen. Ihr Kleid war grellbunt mit viel Gelb, Lila und Grün, ein billiger, schlecht gemachter Ethnoabklatsch. Mehr denn je erinnerte sie Sina an einen kleinen, heimatlosen Vogel.

An den tiefen Magenfalten um seinen Mund erkannte Sina, wie angespannt auch Carlo war.

»Mittlerweile finde ich deine Idee allenfalls mittelgut«, zischte er ihr nach einer knappen Begrüßung zu. »Isis kann nicht sehr lange bleiben. Und unter keinen Umständen die ganze Zeit anwesend sein.«

Sina nickte. »Hanne kümmert sich einstweilen um sie«, beruhigte sie ihn. »Schau mal, sie entwickelt geradezu mütterliche Talente. Kenne ich sonst nur von ihr, wenn sie Taifun im Arm hat.«

Hanne Bromberger hatte die junge Frau freundlich und ruhig in ihr Zimmer geführt, wo sie sie mit Tee und Keksen bewirtete. Trotzdem warf Carlo einen kurzen, prüfenden Blick durch die Türe.

»Ist alles in Ordnung, Regina?«

Isis nickte. »Die sind wirklich nett hier«, sagte sie. »Das ist ein guter Platz. Ein Platz ohne Angst.«

»Ich bin erst ruhig, wenn sie in der Klinik ist«, sagte Carlo, als er in Sinas Besuchersessel saß. »Ambulant ist das meines Erachtens dauerhaft nicht hinzubekommen. Die Verwirrung steckt zu tief. Sie muß sich auf eine lange, intensive Therapie einrichten, wenn sie wieder gesund werden soll. Wie sie das finanzieren soll, ist mir allerdings schleierhaft.«

»Da mach dir mal keine Sorgen drum«, sagte Sina und korrigierte vor dem Spiegel in der verdeckten Nische ihr Aussehen. Trotz des warmen Wetters sah sie in einem wadenlangen, mintgrünen Leinenkleid elegant und kühl aus. »Ich hab mir schon was dazu überlegt.«

Er schaute noch immer ganz verknittert drein. »Komm, Carlo«, rief sie aufmunternd. »Wird schon schiefgehen! Hast du nicht noch ein paar ganz heiße Tips für mich? In letzter Minute, bevor die anderen kommen? Das sind meistens die besten.«

»Galgenhumor, was?« sagte er, und dann erzählte er ihr, was sie unbedingt noch wissen mußte.

»Wow!« machte Sina. »Nicht schlecht! Damit komme ich durch – es sei denn, mein schauspielerisches Talent läßt mich abrupt im Stich.«

»Meinst du wirklich?« fragte er, als es wieder schellte. »Bist du einigermaßen sicher? Schließlich geht es mir um das Mädchen. Nicht um das Grundstück.«

»Ich denke doch.« Ihre dunklen Augen funkelten. Sina V. Teufel hatte Blut geleckt. So war sie immer am besten. »Ja, ich denke doch.«

Anke führte das Ehepaar von Rheinstahl in die Bibliothek. Dort stand der große Besprechungstisch aus Vogelahorn mit den schwarzen, japanisch inspirierten Beinen, den sie erst vor ein paar Monaten für eben solche Gelegenheiten angeschafft hatten. Zwölf passende Stühle gruppierten sich um das Oval. An den Wänden, neben dem vielen Juristischen in hellen Regalen, zwei schöne japanische Steindrucke. Eine kühn geschwungene Halogenlampe, geschickt über dem Tisch plaziert. Kein überflüssiger Schnickschnack, der nur abgelenkt hätte.

Carlos hatte sich unauffällig in Hannes Büro begeben, wo Isis Tee mit ihr trank. Er schloß leise die Türe hinter sich.

Das innerfamiliäre Versöhnungsgeschehen schien gute Fortschritte zu machen. Sina merkte es äußerlich daran, daß Rita nicht mehr in wallendes Weiß gekleidet war, sondern offensichtlich zu ihrem früher bevorzugten sportlichen *Bogner*-Stil zurückgefunden hatte. Noch gab es keine öffentlichen Vertraulichkeiten oder Berührungen zwischen den beiden. Wulfius' stolze Blicke aber, mit denen er das sich deutlich rundende Bäuchlein seiner Frau immer wieder streifte, sprachen Bände.

»Stellen Sie sich vor, was passiert ist, Sina!« rief Rita aufgeregt. »Es hat bei uns gebrannt! Jemand muß absichtlich gezündelt haben!«

»In der Destouchesstraße 14«, bekräftigte Wulfius aufgeregt. »Bei diesen Verrückten natürlich. Vom Keller aus hat das Feuer um sich gegriffen. Aber jetzt ist Schluß mit der ganzen Sache. Ich denke nicht daran, die Kündigungsfrist abzuwarten! Die fliegen raus, und zwar sofort!«

»Das sollten Sie lieber mir überlassen«, wandte Sina ein. »In der Regel fließt viel Wasser die Isar runter, bis der Tatbestand der Brandstiftung erwiesen ist. Und zudem liegt die Beweislast beim Vermieter.«

Sie faßte die beiden scharf ins Auge.

»Wir sind doch heute wegen weit größerer Probleme zusammengekommen, nicht wahr? Da wollen wir uns nicht in Kleinigkeiten verzetteln!«

Rita nickte, Wulfius schluckte. Dann bewegte auch er millimeterweise seinen Kopf.

»Sparen Sie Ihre Energie«, riet Sina ein wenig streng. »Sie werden sie noch brauchen!«

Abermals ging die Glocke, öfters hintereinander, ungeduldig.

Dann waren sie da.

In der hellen, mit einer Ahorntheke spartanisch möblierten Eingangsdiele ballte sich das zusammen, was einmal Sabas *geliebte Schar* gewesen war. Alle in Weiß, mit teils mürrischen, teils verkrampften Gesichtern. Nur Roberto, der einzige Mann unter ihnen, spielte den Sonnyboy und behielt sein breites, nicht besonders intelligentes Lächeln bei.

Direkt hinter den Vereinsmitgliedern schob sich L. L. durch die Türe, extravagant ausstaffiert wie die geschickte Reklame eines Herrengeschäfts, vorausgesetzt, man mochte blaßgelbes Leinen zu einem zartvioletten Hemd an kleinen, etwas dicklichen Menschen. Er brachte einen Schwung Energie und eine Wolke *Kouros* mit herein. Sina war heilfroh, ihn zu sehen.

Ein wenig steif nahmen alle am Besprechungstisch Platz, bis auf Madra, die unruhig hin und her rollte.

»Ich kann Isis beim besten Willen nirgends hier entdekken«, sagte sie ärgerlich. »Wenn das nur einer Ihrer Tricks ist, gehen wir auf der Stelle.«

Keiner der anderen rührte sich.

Carlo hat recht, dachte Sina befriedigt und ordnete hingebungsvoll die vor ihr liegenden Blätter. Die Phalanx scheint wirklich zerbrochen zu sein.

»Frau Beauvais wird später zu uns stoßen, darauf können Sie sich verlassen«, sagte sie mit ihrer geschäftsmäßigen

Stimme. »Sie wurde aufgehalten, kommt aber auf alle Fälle. Wollen wir die Zeit schon einmal nutzen?«

Die von Rheinstahls nickten eifrig, L. L. ließ aufmunternd seine linke Braue zucken. Die Vereinsmitglieder starrten entweder auf die Tischplatte oder aus dem Fenster.

»Wir sind zusammengekommen«, fuhr Sina unbeirrt fort, »um uns mit der Lösung allseitiger Probleme zu beschäftigen. Es gibt einige Punkte, manche davon durchaus delikat, und ich habe mir vorgenommen, einen vielleicht ungewöhnlichen Weg einzuschlagen.«

Strahlend sah sie von einem zum anderen. Außer Louis Levin lächelte niemand aus der Runde zurück.

»Ich möchte Ihnen eine kleine Geschichte erzählen, die Ihnen in Teilen sicherlich bekannt vorkommt. Es war einmal ein Guru, der hatte eine Freundin mit großen psychischen Schwierigkeiten. Und eine kleine, aber zähe Anhängerschaft, von der jeder einzelne seine liebe Not mit ihm bekam.«

Jetzt schaute kein einziger mehr aus dem Fenster. Sie registrierte es befriedigt, bevor sie ein bißchen lauter weitersprach.

»Allen seiner Jünger bereitete sein einnehmendes Wesen mehr und mehr Schwierigkeiten, weil es keinem von ihnen genug Luft zum Atmen ließ. Aggressionen entstanden, stärker und immer stärker. Wut staute sich. Ist Ihnen nicht gut?«

Die rothaarige Sarja hatte zu japsen begonnen, was ihr einen erbitterten Blick von Madra eintrug. Nach langem Zögern hatte sie sich schließlich doch zu den anderen an den Tisch gesetzt.

»Ein Glas Wasser vielleicht? Saft? Kaffee?«

Sina wies auf die Gläser, Tassen, Flaschen und Kannen, die ganz konferenzmäßig vor jedem aufgebaut waren. Das war auch L. L.s Idee gewesen. Je professioneller, desto besser, hatte er gesagt, das sind sie höchstwahrscheinlich nicht gewohnt.

»Es geht schon wieder, danke.« Sarja nahm einen winzigen Schluck.

»Wo waren wir stehengeblieben? Die Probleme. Die Wut. Die Aggression, das war es! Welche Lösung bot sich an, als der Guru schließlich auf der Schwelle zur Berühmtheit stand und zu fürchten war, daß ihn Publikationen, Interviews und eventuelle Fernsehauftritte noch unausstehlicher und tyrannischer werden lassen würden? Günstigerweise seine kleine, sehr desorientierte Freundin.«

»Sie müssen total den Verstand verloren haben!«

Das kam von Otera, die empört aufgesprungen war. »Was bilden Sie sich ein! Keinen Augenblick bleibe ich länger!«

»Ausgesprochen schade«, gab Sina zurück. »Dann verpassen Sie den besten Teil. Ich habe mir solche Mühe gegeben, eine halbwegs stimmige psychologische Analyse zusammenzubringen, die zu den wirklichen Motiven führen könnte.« Sie schnitt eine Grimasse. »Ist sonst nicht mein Metier. Deshalb die Extra-Anstrengung.« Ihre Stimme wurde schärfer. »Mal angenommen, der Guru wäre einer gewesen, der andere überwältigt. Einer, der nicht darauf achtet, ob seine nächste Umwelt diese Übergriffe verträgt. Der keine Grenzen mehr sieht, bis die Menschen um ihn beginnen, aus einer Art Selbstschutz heraus selbst scharfe Abgrenzungen vorzunehmen...«

Pradhina, die mit dem fröhlichsten Gesicht, hatte leise zu weinen begonnen. Gundula neben ihr sah aus, als würde sie sich im nächsten Augenblick anschließen. Es war so still, daß man deutlich ein lautes Zähneknirschen hören konnte.

»... psychische Vergewaltigung nennt man das wohl. Ein Abhängigmachen auf der mentalen Ebene. Etwas, das auf Dauer nicht gutgehen kann. Auch in unserem Fall formierte sich langsam Gegenwehr. Wurde stärker. Wuchs an zu einer mächtigen Welle, die sich nicht mehr unterdrücken ließ. Eigentlich ganz einleuchtend, wenn man darüber nachdenkt.

Druck, der mehr und mehr Gegendruck erzeugt – bis es beinahe zum Platzen kommt. Und dann? Alle wollten also das eine. Einer mußte es ausführen. Jetzt raten Sie mal, wen man in unserem hübschen Fallbeispiel mit größter Wahrscheinlichkeit dazu ausersehen hätte?«

»Ich habe es nicht nötig, mir länger Ihre Unverschämtheiten anzuhören!« Das war Madra, die überraschend spitz um die Nase herum aussah. »Wir alle nicht!«

»All dies ist natürlich reine Spekulation«, sagte Sina mit kaltem Lächeln. »Nichts als eine Geschichte, die anzuhören Sie die Freundlichkeit besaßen. Als *opening* sozusagen. Kommen wir nun zu unseren eigentlichen Problemen. Punkt eins: Sie brauchen, um an Ihr Vereinsvermögen zu kommen, einen neuen Vorsitzenden. Die Wahl muß von allen Gründungsmitgliedern vorgenommen werden. Punkt zwei: Das Ehepaar von Rheinstahl will aus persönlichen Gründen das dem Verein geschenkte Grundstück zurück. Punkt drei: Regina Beauvais, auch Isis genannt, bedarf umfassender ärztlicher Betreuung. Da sie weder krankenversichert ist noch eigenes Einkommen besitzt, müssen andere für sie eine Zeitlang aufkommen. Denn sie soll doch wieder gesund werden, oder?«

Verblüffung, Abscheu, Wut – auf den Gesichtern standen die unterschiedlichsten Reaktionen.

»Soziale Verantwortung nenne ich das!« Jetzt donnerte sie regelrecht. »Jeder, der kriegt, muß auch etwas geben!«

»Wie soll das zu verstehen sein?«

Madra schien etwas von ihrer Beherrschung wiedergefunden zu haben. Genug jedenfalls, um mit mahlenden Kiefern wieder feindselig zur Gegenseite hinüberzufunkeln.

Rita schien sich kein bißchen darum zu kümmern. Jetzt legte sie zum ersten Mal ihre Hand leicht auf den Unterarm ihres Gatten. Eine kleine Geste, die niemandem im Zimmer entging.

»Nun, ganz einfach«, erwiderte Sina. »Wir tun das, was in

Bayern übliche Rechtspraxis ist. Wir schließen einen Vergleich, der folgendermaßen aussehen könnte: Isis ist bereit, mit Ihnen einen Vorsitzenden zu wählen. Das heißt, Sie kommen damit schnell und ohne Schwierigkeiten an Ihr momentan stillgelegtes Vereinskapital. Anschließend verzichtet sie auf ihren Anteil des Vereinsvermögens.«

Sina ließ Madra und Roberto, der hektisch auf einem Kaugummi herumbiß, nicht aus den Augen.

»Was ja, nach Lage der Dinge, durchaus nicht unerheblich sein dürfte – wie man allgemein so hört. Im Gegenzuge dazu erhält Henriette von Rheinstahl ihr Grundstück in Iffeldorf vom Verein *Himmelfahrt e. V.* zurück. Das Ehepaar von Rheinstahl verpflichtet sich, Frau Beauvais für die kommenden drei Jahre einen Unterhalt in Höhe von monatlich 1200 Mark zu bezahlen. Das sind summa summarum 40 000 Mark.«

Bevor Wulfius, der auch beim zweiten Hören des Zahlenmaterials noch immer schmerzlich sein Gesicht verzog, einen Einwand bringen konnte, war Sina schon beim nächsten Punkt.

»*Himmelfahrt e. V.* ist bereit, für die entstehenden ärztlichen und psychotherapeutischen Kosten von Frau Beauvais aufzukommen. Dies ebenfalls für einen Zeitraum von drei Jahren. Als kleine Sicherheit zusätzlich schlage ich vor, daß alle Vereinsmitglieder persönlich für den Inhalt dieser Vereinbarung haften.«

Sie schickte einen schmelzenden Augenaufschlag in die Runde.

»Man weiß ja, welch fragile Gebilde solche Vereinigungen manchmal sein können«, sagte sie. »Das wäre im Moment alles von meiner Seite.«

Unvermittelt brach der Tumult los.

Madra, Otera und Sarja schrien wild durcheinander. Roberto sprang von seinem Sitz auf und machte Anstalten, quer über den Tisch zu hechten. Gundula saß wie eine Schlafwandlerin auf ihrem Stuhl, während Indra Savanna unablässig ihren Kopf schüttelte. Pradhina bekam einen hysterischen Lachanfall.

Sina V. Teufel hatte sich mit L. L. zum Fenster zurückgezogen.

»Was meinst du?« zischte sie ihm zu.

»Nicht schlecht«, gab er zurück, »Gar nicht übel. Jetzt kommt bald mein Einsatz. Macht Spaß, auch einmal das Teufelchen zu spielen.«

Wider Erwarten machte sich nicht Madra zum Sprecher der Gruppe, sondern Roberto. Man sah ihm an, daß er nicht gewohnt war, vor einem größeren Kreis zu reden.

»Das kommt überhaupt nicht in Frage! Ihre haltlosen Beschuldigungen weisen wir in aller Schärfe zurück! Rita hat dem Verein das Grundstück geschenkt, und damit basta! *Himmelfahrt e. V.* denkt nicht daran, es freiwillig wieder zurückzugeben – wieso auch?«

Er stotterte ein bißchen, und je aufgeregter er wurde, desto undeutlicher wurde sein Vortrag.

»Wo ist Isis?« sagte er plötzlich. »Ich will sofort Isis sehen!«

»Ja, wo ist Isis?« brüllte nun auch Madra.

L. L. erhob sich, um ein bißchen größer zu wirken. »Das kann alles auch ganz anders laufen, meine Herrschaften«, sagte er freundlich und zupfte an den hoffnungslosen Knitterfalten seines Sakkos herum.

»Die werte Frau Kollegin hat Ihnen zunächst die Sonnenlösung präsentiert. Nun kommt die Schatten-Variante.« Er lächelte verbindlich. »Nur mal als Denksport«, sagte er.

»Der Verein behält also das Grundstück. Familie von Rheinstahl prozessiert durch alle Instanzen; das dauert schätzungsweise mindestens sieben Jahre. In dieser Zeit hat niemand etwas von dem Grundstück, und es steht zu befürchten, daß erhebliche Prozeßkosten entstehen, die eventuelle Reserven verschlingen. Allerdings könnte es eine interessante Wendung geben, wenn offenbar würde, daß die Schenkung von vornherein ungültig gewesen wäre.«

Er ließ genüßlich seine Worte im Raum schweben.

»Wieso ungültig?« Madras Augen flackerten beunruhigt. »Was soll das heißen? Ein Notar hat alles bestätigt!«

»Das ist es ja gerade«, rief L. L. »Der Notarstermin! Ralph Maria Scheck-Gödel und Regina Beauvais haben in der Schenkungsurkunde als Vertretungsberechtigte für den Verein gezeichnet. Jetzt tritt allerdings das massive Problem auf, daß Frau Beauvais allem Anschein nach damals bereits nicht mehr geschäftsfähig war.«

Er befingerte sein molliges Kinn.

»Ihr schlechter psychischer Zustand könnte zudem ein Punkt höchsten Interesses für die Staatsanwaltschaft sein«, fuhr er sinnend fort. »Sicherlich würde von deren Seite eine umfangreiche Untersuchung einsetzen, die ganz Erstaunliches ans Licht befördern könnte. Die Herren legen da manchmal eine geradezu verbissene Gründlichkeit an den Tag. Vergessen Sie nicht – die haben noch immer keinen Täter!«

Er breitete seine kurzen Arme aus.

»Einer der typischen Fälle, die oftmals ausgehen wie das Hornberger Schießen. Vollkommen ungewiß, was sonst noch alles passieren könnte. Im besten Fall bekommen am Ende wenigstens die Anwälte ihr Honorar. Der Rest bleibt – leider – in der Regel auf der Strecke.«

Sina hatte während seiner Rede die Türe zum Nebenzimmer ein Stückchen weit geöffnet. Langsam trat Isis in den Raum, gefolgt von Carlo.

Die Vereinsmitglieder starrten sie an wie ein Gespenst. Als Roberto einen Schritt auf sie zumachte, wich sie ängstlich zurück.

»Nein!« sagte sie mit dünnem Stimmchen. »Du auch nicht!

Keiner von euch! Wenn mir einer zu nahe kommt, fange ich an zu schreien!«

Einen Augenblick schien es, als würde sie zu weinen beginnen, dann aber schien sie wieder gefaßter.

»Ihr habt mir weh genug getan«, sagte sie so leise, daß man sich anstrengen mußte, sie zu verstehen. Trotz ihrer Jugend wirkte sie wie eine Schwerkranke. Ihr großer, blasser Mund zitterte, als sie weitersprach.

»Das ist jetzt vorbei. Das muß ich nicht mehr aushalten. Wenn ihr nicht tut, was diese Leute hier sagen, dann packe ich aus. Ich erzähle alles, was ich weiß. Wie alles gekommen ist. Von Anfang an, ich habe alles aufgeschrieben. Und das ist eine ganze Menge. Von jedem von euch. Ich bin nur krank, nicht bescheuert, wie ihr mir immer einreden wolltet. Das weiß ich jetzt. Ich brauche Hilfe. Sonst kann ich nicht überleben.«

Carlo berührte sie sanft am Arm, aber Isis war noch nicht zu Ende.

»Ich habe keine Angst mehr vor euch«, sagte sie, und für einen winzigen Augenblick kam das Leuchten in ihre Augen zurück. »Ihr könnt mir nichts mehr tun. Ich bin ich. Ich will euch nicht mehr sehen.«

Sie schaute zu Roberto, der ihr mit verschränkten Armen entgegenstarrte.

»Keinen einzigen von euch. Nie wieder. Weder in diesem noch in einem anderen Leben.«

Behutsam schob Carlo sie wieder aus der Türe. »Wir warten nebenan«, sagte er halblaut zu Sina. »Falls sie noch gebraucht wird. Der Notar ist übrigens schon da.«

»Nun, wie steht es mit Ihrer Entscheidung?« fragte Sina in die Runde. »Können Sie sich entschließen, dem Vergleich zuzustimmen, den wir vorsichtshalber schon einmal schriftlich für Sie ausgefertigt haben? Günstigerweise ist auch ein Notar zur Hand. Dr. Wolinski. Er hat alles vorbereitet für die

Wahl Ihres neuen Vorsitzenden. Und er hat die entsprechende Urkunde für die Rückübertragung des Grundstücks bei sich. Wenn Sie wollen, kann alles in einem Schub erledigt sein.«

Die Vereinsmitglieder verständigten sich untereinander durch Blicke. Dann schüttelte Madra mehrmals ihren kleinen blonden Kopf und erhob sich schwerfällig.

»Sie haben Pech gehabt«, sagte sie in breitem Schwäbisch in Sinas Richtung. »Nicht mit uns. Nicht so einfach. Nicht auf diese plumpe Weise.«

Die anderen schoben ebenfalls ihre Stühle zurück und strebten der Türe zu.

»Ich an Ihrer Stelle würde mir die Sache noch einmal gut überlegen«, rief ihnen L. L. hinterher, da waren sie schon in der Diele.

»So gut kommen Sie im Zweifelsfall nicht mehr davon!«

Fassungslos blieb das Ehepaar von Rheinstahl zurück.

»Das ist aber nicht gut gelaufen«, sagte Wulfius schließlich anklagend.

»Nein, das ist es nicht.«

Sina war wütend und so sauer, daß sie hätte aufstampfen können. Ihr fiel es ungeheuer schwer, Niederlagen einzustecken. Ihr Rücken tat weh, als trage er alle Last der Welt, und sie war entsetzlich hungrig.

Carlo kam neugierig durch die Türe geschossen.

»Wenn du jetzt auch noch eine dumme Bemerkung machst, beiße ich dir die Nase ab«, drohte sie ihm mit dem letzten Quentchen Humor, das sie noch zusammenkratzen konnte.

»Schöner Mist! Jetzt kann ich mich nur noch bei Dr. Wolinski für den geplatzten Termin entschuldigen.«

»Willst du einen Kaffee? Ein Glas Prosecco?« Das war Hanne, die die Pleite ebenfalls mitbekommen hatte. »Wenn du möchtest, lade ich dich heute abend zum Essen ein.« Was eine ganze Menge bedeutete, bei ihrer sprichwörtlichen Sparsamkeit.

»Lieb von dir, aber ich möchte gleich nach Hause. Ich fürchte, mir ist heute nicht mehr besonders nach Geselligkeit zumute!«

Sie hielt inne, lauschte. »Hat es nicht gerade geklingelt?«

Alle spitzten in Richtung Türe, aber da war zunächst nichts. Dann ein schüchternes, sanftes Kratzen.

Als Sina die Türe aufriß, wäre Roberto fast hereingestolpert.

»Wir haben es uns überlegt«, sagte er sichtlich verlegen. »Wir unterschreiben.«

Es wurde noch ein langer Abend, bis endlich alles unter Dach und Fach war. Erst die Unterzeichnung des Vergleichs, wobei Sina Teufel Schwierigkeiten hatte, die Ansprüche eines quengelnden, brandgeschädigten Wulfius einzubauen. Schließlich fand sich auch hierfür eine Lösung. Der Mietvertrag wurde einvernehmlich aufgehoben, die Räumungsfrist auf drei Monate begrenzt. Die Schönheitsreparaturen übernahm von Rheinstahl selbst.

Dann erfolgte die Wahl des neuen Vorsitzenden. Zur allgemeinen Überraschung machte nicht Madra das Rennen, sondern die rundbackige Pradhina. Zusammen mit Roberto unterzeichnete sie die notarielle Urkunde für die Rückübertragung des Grundstücks.

Madras Kiefer mahlten, aber sie hielt sich bedeckt, während unter den anderen Vereinsmitgliedern eine gelöstere Stimmung aufzukommen schien. Isis war müde und unendlich blaß.

»Ich bringe sie nach Hause«, verabschiedete Carlo sich. »Bevor sie umfällt.«

Nachdem dann auch das Ehepaar von Rheinstahl draußen war, trank Sina erleichtert, aber sehr erschöpft, noch ein Glas mit Dr. Wolinski, dem nettesten, konservativsten Notar, den man sich vorstellen konnte.

»Komische Leute«, sagte er, als *Himmelfahrt e. V.* endlich das Feld geräumt hatte. »Nicht besonders angenehm.«

Das war das Äußerste, zu dem er sich hinreißen ließ. Sein Eindruck mußte geradezu grauenvoll gewesen sein.

»Das kann man wohl sagen«, erwiderte Sina. Die Anspannung saß ihr in allen Knochen. Sie sehnte sich nur noch nach ihrem Liegestuhl, der Dachterrasse und Taifun.

»Da war Ihr blonder Freund ein anderes Kaliber, wissen Sie noch? Der, der damals in Italien ums Leben kam.«

Nick Berger. Niemals würde sie diese Geschichte vergessen. Er könnte noch leben, wenn er sich nicht in kriminelle Transaktionen gemischt hätte, die eindeutig mehrere Nummern zu groß für ihn waren. Aber den beiden Drahtziehern hatte sie es ordentlich heimgezahlt. Einer davon war noch am Leben. Sina hatte keine Angst.

Nur manchmal, wenn ihr ein Auto mit einem italienischen Nummernschild begegnete, bekam sie ein ungutes Gefühl.

»Der hätte das *I-Compact-Set* gut gebrauchen können, damals«, murmelte sie. »Zuckerkrank wie er war.«

»Dort, wo er jetzt ist, fehlt es ihm sicher nicht besonders.«

Sie sah überrascht auf. Dann lächelte sie. Dr. Wolinski, der Mann mit dem grauen Bürstenschnitt, war immer für eine Überraschung gut.

19

Der Sommer war schon müde, da trafen sich Hauptkommissar Hacker und Staatsanwalt Sonner in der Arnulfstraße. Sie hatten einen neuen gemeinsamen Fall zu bearbeiten, den Mord an einem jungen Landarbeiter, der mit einem Dutzend Messerstichen in der Brust in der Schweinetränke aufgefunden worden war.

Nachdem sie das Wichtigste ausgetauscht hatten, kamen sie zum wiederholten Mal auf den Fall Scheck-Gödel, genannt Saba, zurück.

»Die Ergebnisse aus dem chemischen Labor haben eine Ewigkeit auf sich warten lassen«, sagte Hacker und nahm gedankenverloren Sonners Edel-Kuli vom Schreibtisch, um mit ihm zu spielen. »Eine ordentliche Dosis Barbiturate haben sie gefunden.«

Der andere nickte.

»Verabreicht in der Tasse, die am Wannenrand gefunden wurde«, ergänzte der Staatsanwalt. »Vermutlich in gut lösbarer Tropfenform. Das schmeckt man am wenigsten.«

Hacker beugte sich auf dem unbequemen Stuhl vor.

»Wer, glauben Sie, hätte ihm die einflößen können?« fragte er eindringlich. »Wen hätte dieser Guru so nah an sich rangelassen?«

»Was wollen Sie damit sagen?«

Sonner ließ keinen Blick von seinem Kuli, von der Tennistasche abgesehen, der einzige Gegenstand in seinem Zimmer von einigem Wert.

Hacker kam noch ein Stückchen weiter nach vorn. Von

nahem sah man die scharfen Fältchen um Augen und Mund, Zeugnisse seines gnadenlosen Sonnenkultes. Er roch säuerlich.

»Wieviel ungelöste Mordfälle haben Sie?« fragte er.

»Siebzehn«, sagte Sonner überrascht.

»Bei mir sind es vierzehn. Angesichts dieser Tatsache frage ich mich immer öfter, ob wir im Fall Scheck-Gödel nicht einer falschen Fährte aufgesessen sind.«

»Sie meinen diesen von Rheinstahl mit seinem späten Alibi?«

Die Erwähnung des Namens genügte, um winzige Dreiecke vor Hackers inneres Auge zu zaubern. Sehr appetitlich gefüllt.

»Nein, ich meine unseren ganzen Ansatz. Müssen wir uns nicht ernsthaft fragen, ob wir es hier tatsächlich mit einem Mord zu tun haben?«

Er hielt inne, bevor er lauter weitersprach. »Oder sehen Sie weit und breit irgendein Motiv?«

»Sie meinen«, hob Sonner an, »daß...«

»Ich meine, daß der Kerl selbst ein bißchen Beruhigungsmittel eingenommen hat. Vielleicht hat er Lust gehabt, sich hübsch zu machen. Und da ist ihm der Fön in die Wanne gefallen.«

An seinen Augen sah man, wie gespannt er auf die Reaktion des anderen wartete.

»Also Unfall, kein Mord«, meinte Sonner zögernd.

»Genau. Umdenken müssen wir, einfach umdenken!«

Jetzt hing Hacker beinahe über dem Schreibtisch. Sein frisch gestutzter Bart vibrierte, als er seine wirkliche Meinung zum besten gab.

»Die ganze Arbeit – und alles wegen eines Irren, der ohnehin da ist, wo er hinwollte!«

Damit hatte die bayerische Justiz zum wiederholten Mal in geradezu aufopfernder Weise ihre Pflicht erfüllt.

20

Therapiesitzung Regina Beauvais, 30. Juli, Tonbandprotokoll

Du mußt es tun, haben sie zu mir gesagt. Wieder und immer wieder. Du bist die einzige, die Ihm dabei helfen kann.

Lange Zeit habe ich mich dagegen gesträubt. Mit Händen und Füßen. Aber sie sind immer wieder zu mir gekommen, jeden Tag. Jede Nacht.

Madra, Otera, Sarja, Pradhina, Indra, Roberto. Zum Schluß sogar noch Gundula.

Tu es für uns, haben sie in mein Ohr geflüstert. Nur so kannst du uns erretten.

Tu es für dich, nur so kannst du frei werden.

Tu es für Ihn, so kann Er beweisen, ob er wirklich wie Jesus gen Himmel fährt.

Ich habe geweint, ich habe geschrien und mir die Ohren zugehalten. Aber ihre Stimmen waren stärker als ich.

Zum Schluß habe ich sie sogar gehört, wenn sie gar nicht zu Hause waren oder bereits schliefen. Da waren sie schon in meinem Kopf und gingen nicht mehr weg.

Ich habe versucht zu verhungern, aber das ist nicht so einfach. Dann zu verdursten, aber auch das habe ich nicht geschafft. Als es wirklich schlimm wurde, habe ich doch wieder Wasser getrunken.

Zweimal wollte ich weglaufen, aber sie haben mich immer wieder eingefangen, nur ein paar Schritte von der Wohnung entfernt.

Danach habe ich gebetet und mein Karma angenommen. (Heftiges Atmen.)

Es war alles ganz einfach. Die Tasse mit den Schlaftropfen hatten sie schon vorbereitet. Wir alle wußten genau, wann Er seine Badesession abhielt. Schrecklicherweise wollte Er mich noch dazu bewegen, mit Ihm in die Wanne zu steigen, aber das konnte ich im letzten Moment verhindern.

Sie haben mir Bescheid gesagt, als Er im Bad verschwunden war. Ich bin in das Zimmer gerannt und habe das dunkle Zeug angezogen, das Tuch fest vor mein Gesicht gebunden.

Wie ein schwarzer Schatten.

Hinter der Türe habe ich gewartet, ein paar Minuten lang. Dann bin ich leise reingeschlichen, auf nackten Sohlen.

Er lag im Wasser, mit geschlossenen Augen, und ließ irgendein kleines Plastikspielzeug herumschwimmen. Ich wußte genau, wo der Fön hing.

Sie hatten es mir wieder und wieder eingeschärft.

Ein Griff, dann lag er in meiner Hand, glatt und warm.

Vorsichtig bin ich nähergekommen, ohne zu atmen, bis ich ganz nah war.

Ganz genau habe ich Ihn angesehen. Sein großes, ein bißchen fettig glänzendes Gesicht, Sein Muttermal neben der Nase, Seine unregelmäßigen Zähne.

Wie zum ersten Mal.

Wie zum letzten Mal.

Meine Hand hat den Schalter betätigt, fast ohne mein Zutun. Dann habe ich ausgeholt.

(Starkes Weinen.)

Es war sofort dunkel.

So dunkel, wie ich es noch nie zuvor erlebt habe. Schwärzeste Nacht. Jeder Schein erloschen.

Und auch von der Wanne kam kein Licht.

Kein einziges.

Er hatte uns angelogen. Er war kein Lichtwesen. Er war so wenig erleuchtet wie wir.

(Weinen wird stärker.)

Er hat gelogen, wie damals mein Vater.

Wie alle Männer, um zu kriegen, was Er unbedingt haben wollte.

Ich konnte Ihn nicht zum Himmel schicken.

Er gehört in die tiefste, tiefste Hölle …

(Rest wegen übermäßigen Weinens unverständlich.)

21

Als die Schmerzen in ihrem Rücken unerträglich geworden waren und der Lendenbereich sich unbeweglich wie ein Brett anfühlte, rief Sina V. Teufel gegen alle inneren Vorbehalte doch im *Institut für Körperbewußtsein* an. Die frühere säuselnde Stimme im Empfangsbereich war erfreulicherweise einem frischen Bariton gewichen, der freundlich und ohne Umschweife zur Sache kam.

»Sie haben großes Glück. Heute ist eine *session* bei Divina ausgefallen. Siebzehn Uhr. Soll ich Sie gleich eintragen?«

Sina gab sich einen kleinen Schubs. »Arbeitet Marcus noch bei Ihnen?« fragte sie, wie sie hoffte, so normal wie möglich.

»Marcus?«

Die Stimme am anderen Ende lachte. »Der ist auf Weltreise. Mindestens ein Jahr. Anschließend will er sich in Basel niederlassen und ein eigenes Institut aufmachen. Aber das wird wohl noch dauern. Er hat ja noch viel Zeit.«

Ja, das hat er wirklich, dachte Sina und nahm den Termin.

Die Frau, die an ihrem Rücken arbeitete, war groß, schlank und beinahe weißblond. Erstaunlich große Hände. Hände, in die man sich gerne begab.

Mit ein paar kräftigen Strichen löste sie die Verspannungen entlang ihrer Wirbelsäule, bevor sie sich intensiv mit ihrem Kopf beschäftigte.

Sina hätte nicht beschreiben können, was mit ihr geschah. Zuerst spürte sie noch die Finger auf ihrer harten, angespannten Kopfhaut, die wie auf Nähten entlangspazierten.

»Das sind die Meridiane«, sagte Divina lächelnd. »Jetzt sollten Sie nicht mehr reden. Nur noch fühlen.«

Das tat sie auch.

So gründlich, daß sie bald nicht mehr wußte, wo die Hände begannen und ihr Kopf endete. Warm und leicht wurde ihr, unbeschreiblich wohlig. Ein Gefühl, als ob sie flöge.

Bevor sie ganz abhob, öffnete sie mit großer Anstrengung die Augen und schielte nach schräg hinten.

Sie sah nur einen hellgelben Overall und zwei braune kräftige Unterarme.

Beruhigt schloß sie ihre Lider wieder.

Ob es doch Erleuchtete gibt? dachte sie noch.

Und dann nichts mehr.